DU MÊME AUTEUR

Aux Éditions Gallimard

TROIS CHEVAUX

MONTEDIDIO

LE CONTRAIRE DE UN

NOYAU D'OLIVE

ESSAIS DE RÉPONSE

SUR LA TRACE DE NIVES

COMME UNE LANGUE AU PALAIS

LE CHANTEUR MUET DES RUES (en collaboration avec François-Marie Banier)

AU NOM DE LA MÈRE

PAS ICI, PAS MAINTENANT

QUICHOTTE ET LES INVINCIBLES (hors-série DVD, avec Gianmaria Testa et Gabriel Mirabassi)

LE JOUR AVANT LE BONHEUR

TU, MIO

LE POIDS DU PAPILLON

ACIDE, ARC-EN-CIEL

PREMIÈRE HEURE

ET IL DIT

ALLER SIMPLE

EN HAUT À GAUCHE

LES POISSONS NE FERMENT PAS LES YEUX

LE TORT DU SOLDAT

Suite des œuvres d'Erri De Luca en fin de volume

Du monde entier

ERRI DE LUCA

LE PLUS ET LE MOINS

Traduit de l'italien
par Danièle Valin

nrf

GALLIMARD

Titre original :

IL PIÙ E IL MENO

LE PLUS ET LE MOINS

Le pantalon long

Il ne s'appelait plus maître, mais professeur.

Une fois sortis de la grande bâtisse de l'école primaire, nous portions encore des pantalons courts, marque de l'enfance. Avec un pantalon long, certains avaient l'air plus adultes et plus gauches.

En classe, au collège, les rédactions avaient pour énoncé nos sujets d'étude et vérifiaient notre niveau d'apprentissage. Nous nous en tenions à un italien officiel, rigide comme un formulaire.

Sans pouvoir me l'expliquer, il me dégoûtait.

La langue embaumée faisait partie d'une soumission générale au pouvoir adulte. Pendant la récréation, on se défoulait avec le dialecte, une échappatoire. On se rinçait la bouche avec le napolitain.

Un jour, on nous donna un sujet libre, inventer une fable. Nous en étions aux premières traductions de celles d'Ésope/Phèdre. Beaucoup d'entre nous, inquiets, demandèrent des explications, une piste, de peur de se perdre dans ce grand large. Il fallait inventer une histoire d'animaux. La licence inattendue me démangeait le crâne. J'écrivis à jet continu, en serrant mon stylo à m'engourdir les doigts, seule partie entraînée d'un corps mollusque. J'écrivis en descente, l'inclinaison du bureau faisait s'élancer vers moi des troupeaux qui couraient et des nuages de poussière. Les bêtes aiment la soulever, déranger les insectes qui les attaquent.

Chez nous, la poussière est chassée tous les matins, là elle montait vers le ciel, balayée par le tambour des sabots. La poussière était l'âme du monde. J'écrivais et mes pensées trépignaient pour sortir et courir elles aussi. Ce fut un précipice d'écriture, j'eus même le temps d'en faire une copie pour l'emporter à la maison. Je remis mon devoir dans les premiers. D'habitude, je m'en libérais tard, en quête de prolongations pour arriver à la mesure minimale fixée.

À la maison, je fis écouter ma dissertation. On fut surpris de mon impulsion plus que de l'écrit. J'avais appris avec certitude ce jour-là que l'écriture était un champ ouvert, une issue.

Elle pouvait me faire courir là où il n'y avait

pas un mètre pour les pieds, elle me propulsait au large, alors que j'étais aplati sur une feuille.

C'est ainsi que je me suis mis à écrire, à partir de ce jour-là, pour forcer les verrouillages qui m'entouraient.

Ils cédaient, me laissaient aller tant que durait l'écriture.

Le professeur revint plusieurs jours après avec nos devoirs corrigés et notés. Au-dessous de la moyenne pour moi parce que, évidemment, échappant à sa vigilance, j'avais copié sur un manuel de dissertations.

Une insolite libération de langage et un abus d'imagination m'accusaient. Avoir rendu rapidement un devoir d'une longueur inhabituelle avait paru suspect.

Ce ne fut pas une gifle en pleine figure, plutôt un coup au creux de l'estomac, lancé à froid. L'accusation provoqua en moi la rébellion du silence.

Je ne répliquai pas.

J'expérimentai pour la première fois l'incompétence des pouvoirs constitués. Ils avaient besoin d'espaces étroits, le champ ouvert les déconcertait.

De ce sujet libre s'était échappée une heure

de grand air et elle était réduite à rien par l'ordre établi.

Ces pouvoirs avaient besoin de corps ankylosés pour imposer leur version du savoir. Le seul fait d'arriver en classe un peu échauffés après notre unique heure d'éducation physique leur déplaisait.

À ce moment de friction entre ma vérité et la leur, se forma dans mon corps une noix de résistance opposée à la domination, qui par instinct abuse. Aujourd'hui, je sais que, par leurs accusations, les pouvoirs peuvent rendre le plus grand honneur à celui qui écrit. Faire de l'écriture un corps de délit qui dérange leur discipline.

Avec leurs insultes, les pouvoirs sont susceptibles d'ajouter une valeur à celui qui écrit.

Aujourd'hui, je connais l'inconsistance des autorités, des hiérarchies officielles. À l'époque, elles étaient tout d'un bloc, indiscutables. Du tort de ce jour-là, s'ouvrit la fissure qui les a démolies en moi avec le temps.

Je demandai avec insistance mon premier pantalon long et je l'obtins.

Variante de parabole

J'ai quitté jeune la maison de mes parents. Je me suis détaché de ma ville d'origine, de mon avenir tout préparé. Je suis parti à l'aveuglette, billet d'aller simple. Je suis descendu du train dans une autre ville, j'ai essayé de dormir dans des pensions autour de la gare, j'ai été livreur pour vivre. J'ai fait l'expérience de la liberté, qui n'est pas une liste de droits dont profiter, mais un danger. Si elle n'est pas souvent un désert, elle n'est pas liberté.

J'étais solitaire par tempérament, désarroi, obstination. Je mangeais peu, apprenant la discipline de la pénurie. C'était la fin de l'année 1968, je saurais ensuite que ce n'était que le début. Les rues se remplissaient d'une jeunesse de mon âge : elle descendait du trottoir et encombrait le milieu de la chaussée. Moi aussi, je fis ce geste, de liberté nouvelle, effrayante.

Ce mouvement brutal s'attirait la colère de tous les partis et pouvoirs constitués. Il attirait sur lui l'assaut de la police, des carabiniers, des sirènes à la poursuite, des grenades lacrymogènes lancées pour frapper. Nous étions attrapés, écrasés, fourrés en vrac dans des cellules. Nous réagissions avec des pierres, avec les premières bouteilles remplies de gasoil, un chiffon glissé dans le goulot et puis enflammé. Quand elles se brisaient, une flaque de feu s'étalait, disloquant les détachements envoyés à la charge.

Je me suis trouvé dans cette fumée et ce feu avec des jeunes de mon âge, prononçant des mots qui sonnaient juste à mes oreilles. Nous découvrions que nous étions aimés par des gens du peuple qui se reconnaissaient dans nos jours d'impatience.

Il se passait la même chose à travers l'Europe et plus loin, dans le monde. Une génération s'était convoquée toute seule, d'un bout à l'autre de la planète. Nous avions les moyens de le savoir, pour nous sentir partie prenante d'une tendance générale. La maison de départ, la ville d'origine s'estompaient, effacées par la ville nouvelle que nous étions en train de fonder. Le chemin du retour était coupé.

Je n'avais rien de commun avec l'histoire du fils dilapidateur, écrite au milieu de l'Évangile de Luc. Je n'avais pas demandé à mon père ma part d'héritage, je ne l'avais pas gaspillée en me procurant des ivresses. Au contraire, avec une sobriété sans alcool je renonçais à toute la part qu'il avait conservée et désirée pour moi. Je devenais l'un de ces nouveaux milliers qui exprimaient leur volonté de contradiction.

Nous amorcions de nouvelles formes de lutte dans les usines, dans les écoles, dans les casernes, dans les prisons, partout où notre contagion s'enracinait. Sous cette pression, des réformes avaient lieu. Et avaient lieu aussi des tentatives opposées, des tentations de coups d'État militaires. Du reste, l'Italie était la seule démocratie provisoire dans une Méditerranée de fascismes : Espagne, Grèce, Turquie. Tous ces fascismes faisaient partie de l'Alliance atlantique, de l'OTAN, qui avait ses puissantes bases chez nous. Le vingtième siècle a été le siècle des révolutions. Des masses humaines énormes ont renversé ainsi les tyrannies et les empires coloniaux. Les révolutionnaires sont devenus des présidents ou des bandits, sans nuance de destins intermédiaires.

Je ne serais pas retourné en arrière, à ma maison d'origine, aux affections que j'avais abandonnées. Ce fut à eux, mes deux magnifiques parents, que revint tout le mérite de renouer le contact, de créer une deuxième et plus profonde intimité. Les années et les affrontements se durcissaient. Un journalisme mineur voulut les réduire au titre d'années de plomb, sans même avoir le privilège de l'invention de la formule, qui venait en fait d'un film, allemand qui plus est.

Je les appelle des années de cuivre, des fils qui conduisaient le courant électrique des luttes sociales, de Testa Gemella Occidentale dans les Alpes aurines à Punta Sottile à Lampedusa, les extrémités géographiques de notre pays. Les années soixante-dix ont été parcourues d'une secousse, d'un essaim sismique de luttes qui imposaient aussi leur ordre du jour au cinéma, aux chansons, au foot et aux vacances. Ce furent des années de cuivre, le meilleur conducteur de cette énergie électrique de transformation.

Les vies personnelles étaient en suspens, cette jeunesse politique affrontait la prison au mépris de tout intérêt privé. En l'évoquant dans des temps aussi opposés, où seul compte l'intérêt individuel et où l'on est évalué en fonction du pouvoir d'achat, on mesure la crevasse qui sépare une Italie de l'autre. Tout le mérite revint à mes deux parents qui ne voulurent pas renoncer au fils perdu, parti dans une foule d'insurgés. Ma mère vint à Bologne pendant le brûlant mois de juillet 1971, pour assister à l'assemblée générale de Lotta continua[1], dans un petit palais des sports encerclé par des troupes et dont la température politique intérieure était si élevée qu'on y aurait fait cuire un œuf. Elle vint pour essayer de comprendre l'insomnie de cette génération.

Mon père accepta pendant des années d'héberger des militants de Lotta continua poursuivis par des mandats d'arrêt pour des raisons politiques. Lui, si respectueux des lois, si soucieux d'être un bon citoyen dans une ville insolente, fournit un abri aux fugitifs. Il recueillit et collectionna les numéros du quotidien *Lotta continua,* pour me les laisser en dot. Aujourd'hui, ils sont empilés par années, reliés de rouge, et ils pèsent beaucoup plus que leur poids. Ils ont la charge ajoutée de sa sollicitude, de son empressement à se nouer à mon temps,

1. Organisation de la gauche révolutionnaire italienne active de 1969 à 1976. *(Toutes les notes sont de la traductrice.)*

à le suivre pour fournir à son fils une arrière-ligne, pas un retour. Ce n'est pas moi qui suis revenu à lui, mais lui qui a voulu se mettre sur mes traces et sur mes raisons, ce qui a encore plus de valeur.

Maintenant que j'ai vieilli, je peux croire que je n'ai été bon qu'à une seule chose pour eux, les avoir accompagnés vers la mort, tous les deux. À ceux qui m'ont mis au monde et qui m'ont donné ensuite bien plus encore, je n'ai rendu que le petit service d'une sentinelle près de leur lit. Ils sont morts dans mes bras chez moi, au milieu des livres et des arbres plantés.

Un poète de langue yiddish du siècle dernier a parlé du silence des vieux lorsqu'ils étaient arrêtés dans les rues des ghettos de l'extermination. Il a été un témoin du silence de ceux qui se laissaient emporter sans autre résistance que le pas incertain de l'âge forcé à la marche en rang.

Je connais le silence des vieux. Ils me l'ont laissé en héritage, après l'avoir rempli de toute leur volonté de respecter leur fils. Ce silence ne concerne pas l'ouïe, il faut d'autres sens pour le percevoir. Je l'ai vu sur les doigts que mon père se passait sur le front, tandis qu'il faisait ses adieux en caressant son crâne rempli de livres et de vin. Je l'ai senti dans mon nez en respirant sa robe de chambre les années qui ont suivi. Je l'ai touché sur les mains de ma mère qui, les derniers jours, ne répondaient plus à mon étreinte. Je l'ai dans la bouche depuis que j'ai renoncé à mon plat préféré, les aubergines à la parmesane, qu'elle me préparait à chacun de mes retours. Leur silence n'est pas une absence de bruit, mais les deux lèvres d'une blessure ouverte. Aucun point de suture, rien à attendre : le silence qu'ils ont laissé reproduit chaque jour le premier jour de la séparation.

Je n'ai rien de commun avec le fils de la parabole, à part le travail vendu pour un salaire. Lui, après avoir dilapidé son héritage, s'est vu contraint d'élever des porcs, moi je me suis retrouvé dans la vie ouvrière à purger des égouts. À part deux narines peu délicates, nous n'avons rien en commun.

Je ne suis pas un père, je suis resté un fils, une branche sèche. En tant que fils, j'ai leurs visites dans mes rêves, en tant que fils j'avance dans les années rapides du dernier âge. Je n'ai pas connu le retour, au point de ne pouvoir employer le mot pour moi. Je n'ai pas de maison où revenir, tel un pion d'échiquier je ne connais que le mouvement en avant, vers la case suivante.

Je ne sais que faire de la parabole du fils prodigue. Je peux en raconter une variante, celle des parents partis à la recherche du fils égaré, pour le serrer à nouveau dans leurs bras où qu'il soit allé, même au diable.

En forme d'autel

Les odeurs de cuisine montaient du bas de la rue, à chaque étage elles se passaient le relais, comme dans la course. Le dimanche, on savait ce qui se passait dans les assiettes de chaque appartement. Ça partait de la loge de la concierge, le premier feu allumé, la première odeur en voyage dans la vapeur.

« *Donna Speranza ha ingignato i friarielli*[1] » : la cuisine de la concierge au rez-de-chaussée, *ingignava,* commençait lorsqu'elle mettait à cuire dans l'huile avec de l'ail les feuilles d'un petit brocoli local.

L'odeur amère piquait les narines encore endormies. « *Nun ce fa pigli' manco'o ccafè*[2] », disait une voix renfrognée dans son premier réveil. Le brocoli-rave était plus qu'une odeur

1. « Donna Speranza a commencé les brocolis-raves. »
2. « Elle ne nous laisse même pas prendre le café. »

d'aliment, il avait l'arrogance de l'encens, c'était pour l'immeuble le premier gaz du dimanche, dans les saisons des longues soirées. Elle s'élevait solitaire et impertinente jusqu'aux lavoirs, passait dans l'escalier, informait la cour sombre, où le soleil ne mettait pas les pieds et où la lessive séchait par lassitude.

Certaines femmes rentraient leur linge pour qu'il ne s'imprègne pas de l'odeur des brocolis. Donna Speranza regardait en haut la fuite du linge et préparait le deuxième assaut vers le ciel : la morue. Elle l'avait mise à tremper depuis deux jours déjà pour dissoudre la croûte du sel. Elle la faisait le dimanche, chez nous on la préparait le vendredi, accompagnée essentiellement de pommes de terre.

Aujourd'hui, c'est un mets de qualité, mais dans la ville d'après-guerre, où l'on parlait de viande à Carnaval et à Pâques, la morue et les anchois étaient des protéines bon marché. Donna Speranza n'allait pas à la messe et n'avait pas d'images pieuses dans sa loge. En revanche, elle avait une belle tresse d'ail suspendue en guise de décoration. « Elle a une dévotion pour saint Ail », disait mon père, seul socialiste de l'immeuble, athée par irritation. La dévotion populaire qui invoquait et insultait tous les noms du calendrier, les hurlements à tue-tête qui forçaient la relique sanguine à se liquéfier lui portaient sur les nerfs. C'était un athée géographique, s'il était né dans le Nord il aurait été luthérien par tempérament.

Le dimanche, nous allions déjeuner chez la mère de ma mère, *nonna* Emma. Depuis le vendredi soir, elle se relayait avec sa belle-fille Lillina devant la toute petite flamme où mijotait le *ragù* [1], – *rraù*, en langue et palais locaux. Notre arrivée à midi dans le vestibule était accueillie par un alléluia de *ragù* droit dans le nez. Cette sauce était un applaudissement de stade debout après un but, c'était une étreinte, un saut et une cascade dans les narines. Je ne retrouverai jamais plus cet abordage au plus haut de mes sens, qui est pour moi dans une glande de l'odorat. À table, devant le *ragù* accompagné de grosses pâtes, j'étais assis bien sagement, mais intérieurement j'étais à genoux devant mon assiette.

Ce fut ma portion de manne, le pain des cieux, préparée par deux prêtresses des fourneaux, par leurs rites nocturnes. C'étaient des

1. Sauce faite essentiellement de tomates, oignons, viande et aromates qu'on doit faire cuire pendant vingt-quatre heures à tout petit feu, sans cesser de tourner pour qu'elle n'attache pas.

bouchées qui imposaient le silence. Mes yeux aussi se fermaient. Les fourchettes dans les assiettes recueillaient le fruit de la connaissance. La bouche pleine gazouillait un cantique. Je n'ai pas un tempérament mystique, mais ce peu qu'il m'a été donné d'avoir, je l'ai dégusté, je l'ai eu sur la langue tous les dimanches de mon enfance. Cette table de fête prend dans mon souvenir la forme d'un autel.

Chez elles, Emma et Lillina, j'ai reçu ensuite des informations détaillées sur la composition des aubergines à la parmesane, mon plat préféré à l'âge adulte. Elles les préparaient en faisant passer le légume par trois feux. Elles coupaient les aubergines en tranches, les mettaient au soleil, la flamme la plus puissante, pour sécher leur eau et renforcer leur goût. Puis, elles les faisaient frire, dorant la cuisine d'une couleur de fête. Dernier feu, le four, après les avoir disposées par couches, chacune recouverte de sauce tomate, basilic, mozzarella et d'une poignée de parmesan. Trois feux participaient au plat qui coïncide le mieux pour moi avec le mot « maison ».

Sans ma mère, je m'abstiens désormais d'en manger, un exil alimentaire. Le deuil se vit plus à table qu'au cimetière.

Très peu porté sur les sucreries, je reconnais une exception, la *pastiera*[1]. Son damier de pâte brisée, sa garniture de grains de blé sont la promesse tenue de chaque printemps. La fin de l'hiver pour moi n'est pas marquée par les vols en piqué des hirondelles, mais par l'arrivée de Naples, dans une enveloppe cachetée et avec le caractère officiel d'un acte notarié, de la *pastiera* envoyée par mon cousin Mario. Pas de sucre glace, la *pastiera* n'est pas un *pandoro*. Le couteau qui entaille sa plénitude fait de moi un Aladin qui frotte sa lampe et en libère le génie. Celui de la *pastiera* s'approche de la bouche pour écouter le désir impossible de chacun. Le mien, une fois par an et sans remuer les lèvres, est de revenir m'asseoir à cette table du dimanche, à laquelle personne ne manquait encore.

1. Tourte de la région de Naples, composée de pâte brisée garnie d'un mélange de ricotta, de fruits confits, de sucre, d'œufs et de grains de blé bouillis dans du lait.

Monsieur est servi

Depuis longtemps je ne vais plus chez le coiffeur, je coupe moi-même mes rares cheveux. Quand j'étais jeune, à Naples, j'allais chez un vieux monsieur qui avait appris le métier pendant la guerre. Devant la glace, debout derrière moi, qui me tenais assis, il me racontait des histoires, en effleurant mes tempes de ses ciseaux et de ses doigts aux cals nacrés. Il avait étudié tout seul, il était un de ces merveilleux experts en faits et connaissances qui, même enfermés dans des boutiques et des métiers modestes, ne perdent rien de leur grandeur. Je rapporte une de ces séances.

« "Blanche-Neige et les sept nains contre Polichinelle" : je parie, jeune homme, que tu ne pourras pas deviner le sens de cette phrase. Je te dis seulement qu'il s'est passé quelque chose qu'on a appelé ainsi à l'époque. Lors d'une fête,

Samson proposa cette devinette : “De celui qui dévore est sorti un aliment et du fort est sorti un doux.” La solution se trouvait dans une histoire qui lui était arrivée, il avait tué un lion et, en repassant au même endroit quelque temps plus tard, il avait trouvé un essaim d'abeilles dans la carcasse de la bête. Il avait goûté leur miel : du fort était sorti un doux. Ma devinette ressemble à celle-là, tu dois reconstituer un fait qui s'est produit. »

Le cou serré par la serviette blanche, la tête ballottée entre ses doigts pour mieux l'offrir aux ciseaux, j'étais plus un pantin qu'un expert en énigmes. De mon cou bandé pointait ma tête juvénile, encore vierge de rasoir sur les joues. Dans ces conditions d'infériorité, je tentai de collaborer.

« C'est un fait qui s'est produit sur scène ? On jouait *Blanche-Neige* et *Polichinelle* dans deux théâtres voisins et, pour une raison quelconque, les deux troupes en sont venues aux mains ?

— C'est une bonne hypothèse, mais non, ça n'a rien à voir avec un spectacle.

— Alors, il s'agit de deux bandes rivales qui avaient pris ces noms-là, deux bandes de dealers, puisqu'on parle de neige pour la drogue.

— Tu chauffes, mais c'est encore pire que ça.

— Je donne ma langue au chat, je suis plus curieux de connaître l'histoire que de la deviner.

— Il s'agit bien de deux parties rivales mais pendant la guerre, celle que j'ai dû connaître, la Seconde mondiale. Polichinelle est le nom donné à notre ville, tandis que Blanche-Neige, les sept nains, le prince et la sorcière sont ceux qu'on a donnés aux bombardiers B-17 qui faisaient pleuvoir leurs munitions sur Naples pendant l'été 1943. Les Américains aimaient décorer leurs avions de guerre, mettre des noms fantaisistes sur les bombardiers. Ils avaient dessiné l'histoire de Blanche-Neige sur une de leurs escadres aériennes, ils volaient avec cette formation au-dessus de Naples et bombardaient ainsi Polichinelle.

— Quelle imagination ces Américains, nos locataires buveurs de bière en permission, qui sont capables de réduire le terrible à une bande dessinée ! Ce sont les maîtres de la bande dessinée. » Ma tête émergée de la serviette se donnait des airs.

« Mieux que ça, jeune homme. Avec ses fascismes, la vieille Europe avait eu besoin de fabriquer des mythes, en Italie avec l'imitation de la Rome impériale, en Allemagne avec la race et le Reich millénaire. Les Américains, peuple récent, ont fondé leur mythe guerrier avec le cinéma. Ils envoyaient la crème de Hollywood sur le front pour filmer la guerre en première ligne. William Wyler tourna *The Memphis Belle*, nom de miss d'un bombardier, à bord duquel il fixa sur pellicule ses missions. Un de ses cameramen les plus passionnés, Jerry Joswick, se plaça près de la trappe de largage des énormes bombes de plusieurs tonnes. Il ignorait que lorsque l'avion perd le poids d'une de celles-ci, il fait un bond en hauteur par contrecoup, et c'est ainsi que, projeté en l'air, il s'agrippa à une barre et resta moitié dedans moitié dehors jusqu'à l'atterrissage. Les équipes de cameramen ont subi le taux le plus élevé de pertes par rapport à leurs effectifs. Les Américains prenaient le cinéma au sérieux. »

Pendant ses pauses, je glissais des phrases savantes plus pour l'inciter à poursuivre que pour dire quelque chose de personnel.

« Quant à notre cinéma, il est devenu grand après la guerre. Mais c'était un cinéma civil. Seul Monicelli a essayé de raconter avec justesse notre trempe de guerriers et il y est parvenu avec *La grande guerre*, un cas à part.

« Le réalisateur John Huston, déjà célèbre à l'époque, fut envoyé chez nous par son état-major, avec le grade de capitaine, pour tourner des films de guerre. Il arriva à Naples libérée au cours de l'automne 1943 et il appela notre pauvre ville : “une pute aux dents cassées”.

Après plus de cent bombardements et les milliers de tonnes d'explosifs déchargées, j'aurais voulu voir dans quel état auraient été leurs dents : le pire qu'ils aient eu à subir, c'est le siège de Fort Alamo.

« Pute : une ville qui sortait des décombres, en quête de tout, mais pas d'orgueil. Elle s'était libérée seule au bout de quatre jours de révolte armée contre les soldats allemands et les fascistes napolitains. Les Américains sont entrés dans la ville sans tirer un seul coup de feu et sans perdre un seul homme.

« Pute, parce qu'elle se jetait sur eux pour assouvir sa faim avec la farine du Missouri et pour se faire asperger de DDT en guise de parfum, à cause de l'épidémie de typhus. Notre ville invincible avalait les insultes et redémarrait. Elle se laissait traiter de putain par ses derniers conquérants, avec leur cinéma et leurs capitaines réalisateurs.

« Écoute ça, ce n'est pas une devinette mais une question d'histoire : après Pearl Harbor, sais-tu quel fut le plus grand désastre de guerre dans un port allié ?

— Dans le Pacifique, peut-être ?

— À Bari. Le 2 décembre 1943, une escadre aérienne allemande arriva de la mer en volant au ras de l'eau et détruisit en plein jour plus de vingt navires dans le port, causant plus de mille morts parmi les marins. On ne fit pas le bilan du massacre chez les civils. Les soutes d'un des navires coulés, le *John Harvey*, étaient pleines d'ypérite, le gaz toxique utilisé pendant la Première Guerre mondiale et interdit depuis. Le bateau explosa et libéra son chargement dans l'air et dans l'eau. C'était un sulfure qui réduisait en bouillie les yeux et les parties génitales. La chance voulut qu'un vent de terre se mette à souffler et pousse le gaz au large. Pendant plusieurs jours, une odeur de moutarde et d'ail que personne n'arrivait à s'expliquer plana sur la ville. Les Américains parvinrent à ce moment-là à garder l'information sous silence. Monsieur est servi. »

La serviette serrée autour de mon cou s'envola dans un geste de torero et une brosse se mit à farfouiller aussitôt entre mon cou et mon col. Le récit se termina brusquement, rengainé dans la poche de la blouse avec les ciseaux.

« Pourquoi donc apprend-on ce genre de faits par hasard dans une conversation, au lieu de les trouver écrits dans les livres d'histoire en gros caractères ?

— Jeune homme, l'histoire est une demoiselle de bonne famille et elle ne veut pas que certains faits soient connus. Tu la trouves dans les récits de vive voix, tu la trouves chez les coiffeurs avec un balai à la main. »

Les récits écoutés dans mon dos se mettaient bien en ordre dans ma tête. Aujourd'hui, je sais que les choses sont ainsi : celui qui a vécu avant est derrière celui qui arrive après. Il est normal qu'il lui transmette l'histoire passée, en se tenant derrière lui, même sous le prétexte d'une coupe de cheveux.

Les chapeaux en papier

On démolissait l'immeuble d'en face. Pendant un an, la ruelle fut assiégée par la poussière. Derrière la vitre de la fenêtre, l'enfant que j'étais regardait, fasciné, cherchant à comprendre. À travers le déraillement visionnaire de l'enfance, j'apercevais des hommes forcés à s'épuiser, soumis à une condamnation. Je ne me souviens pas si dans la *Divine Comédie*, étudiée dix ans plus tard, il existe un cercle du supplice de la poussière pour les ouvriers. Il existait bel et bien là, et sans la contrainte d'aucun diable.

Comme des forçats, ils devaient porter tous les jours la marque de leur peine : un chapeau en papier journal. Le vieux bâtiment en tuf s'écroulait sous les coups de masse, de pioche et de pieu en fer, du dernier étage au plus bas. La ruelle était toujours pleine de monde et chaque personne qui passait regardait en haut s'il y avait du danger, puis hâtait le pas. Les vieux, obligés à la lenteur, faisaient un signe de croix.

Le tuf est le crachat des volcans, étalement de matière rejetée par les flammes. C'est du liège qui assure une bonne fermeture, indiqué pour les tombes et les caves. Naples n'est que tuf, creusé en dessous et chargé au-dessus. Je l'ai manipulé souvent sur les chantiers, c'est une pierre assoiffée, qui pèse le double quand elle est mouillée, facile à tailler avec le fer.

Les enduits ne résistent pas longtemps sur le tuf, ils finissent par être rejetés. Comme les pouvoirs publics sur la ville, telle est la chaux sur la face rebelle de la pierre. Le tuf fait savoir qu'il appartient à l'époque déserte de la planète et que nous, espèce humaine, sommes une moisissure saisonnière.

De la fenêtre, je voyais la démolition de près. Le contremaître avertissait de l'écroulement d'une pierre angulaire, d'un rebord de fenêtre en criant aux gens dans la ruelle : « *A soott* », « en bas ». Suivait le bruit sourd d'entrailles pourries. Je voyais les pièces grandes ouvertes, l'inconvenante nudité de cuisines violées.

Le vent prenait la poussière dans sa danse, le soleil la mélangeait avec sa lumière, les corps des damnés s'agitaient dans le nuage jaune du tuf. Au-dessous d'eux s'agitait l'effervescence de la ville intérieure, des fenêtres donnant sur des fenêtres, une vue barrée et peu de ciel en tête pour recueillir la montée des injures et des prières. Vu de la ruelle, le ciel était la fente d'une boîte aux lettres.

Les volets enlevés, les rambardes des balcons démontées, des hommes trapus s'affairaient face au vide, forcés à une agilité d'acrobates. Ils étaient les dompteurs de leur propre peur, une bête qui sommeille en chacun de nous et qui ne se laisse pas apprivoiser par le temps. Elle reste sauvage et elle grogne.

Un enfant d'en face les croyait aux travaux forcés. Aujourd'hui, je sais avec précision ce qu'il en est : vendre sa propre force de travail, avec le risque constant de se blesser, de tomber. Ils purgeaient la peine d'être des enfants de fatigue, sans école. Ils avaient des joies soudaines qui s'exprimaient dans des chansons au milieu du vacarme des outils. Le corps adapte son effort et son souffle à un rythme musical. Le corps d'un ouvrier dépense moins d'énergie quand il arrive au chant. Le corps est un mécanisme musical à vent, à cordes et à percussion.

Ils avaient un appétit de soldats, à midi sur les décombres ils avalaient des miches de pain garnies de légumes. Sur les plâtras, certains fermaient les yeux et récupéraient un peu de sommeil.

Ils travaillaient à détruire et à refaire. J'ai préféré la destruction. Elle cassait l'enveloppe, dévoilait de l'intérieur la boîte magique, appelée par commodité « maison ». Son temps passé à garder des vies derrière des poignées, des portes, des vitres, se désagrégeait en poussière. Le vent entrait et sortait, là où il frappait inutilement avant. J'aimais la démolition, un étage après l'autre, elle augmentait la lumière sur mon lit. Le ciel s'agrandissait à coups de pioche. Ma mère se le rappelait agrandi par les bombardements.

La fin de la journée de chantier ne dépendait pas de l'horaire. C'était le contremaître qui décidait. Le mot était en dialecte, annoncé par un ouvrier : « *Laìtt'* », « il l'a dit ». Ils s'arrêtaient en l'entendant, mais avant de se changer, ils devaient nettoyer et ranger les outils. « *Laìtt'* » : et s'il ne le disait pas ? Alors, commençait à circuler à voix basse la question : « *Quann'o ddice* ? », « quand est-ce qu'il le dit ? » Les ouvriers connaissent la fin de leur temps de travail sans avoir besoin de montre, ils la perçoivent à travers leur squelette. Un sablier vide l'annonce dans leur corps, le sable est passé par le col étroit jusqu'au dernier grain. Pas de tic-tac, il fait seulement savoir que ça suffit, et que le reste du temps de travail n'est qu'abus du patron sur la vie d'un ouvrier.

Après la démolition, la construction du nouvel immeuble dura un an. La ruelle ne maudissait pas le chantier. C'était du travail, mot devenu sacré par ici. Personne ne maudissait la poussière, le vacarme, mais brusquement sous un prétexte insignifiant éclatait une dispute exagérée. Pour les vies opprimées, la politesse, le respect étaient aussi vitaux que la nourriture. Comme ça ne coûtait rien, on en exigeait beaucoup. La colère née d'une incorrection déchaînait les femmes qui s'entretuaient si les gens autour n'intervenaient pas à temps.

Sur les chantiers, j'ai appris les usages pour être sur un pied d'égalité dans l'enceinte de ceux qui vendent leur force de travail. Entre nous, l'espace était divisé en attentions nécessaires. Leur non-observance conduisait à l'affrontement, aux mains. Nous étions patients avec la charge de la journée, avec les peines, mais intransigeants dans les relations. Un salut tardif était un affront qui faisait monter le sang au visage.

Quand ce fut mon tour, ce travail avait peu changé. À la fin de la journée, nous prenions le chemin du retour sans qu'on puisse nous confondre avec le reste de la foule. Notre pas était cabossé par les efforts, le cercle laissé par le chapeau en papier qui se trempait de sueur sur le front, les ongles soulignés par la chaux. Nous portions notre journée sur nous.

Je connais l'isolement du corps sorti de son travail sur le chantier. C'est un épaississement de sa propre limite. Il arrive jusqu'à l'étourdissement des terminaisons nerveuses, après une journée de marteau-piqueur. Une bonne partie de ma vie, j'ai utilisé mon dos comme un plateau de chargement. J'essaie sans y parvenir de me souvenir si l'enfant qui regardait derrière la vitre les affrontements entre hommes et matière avait entrevu le sien, au milieu des corps dans la poussière.

Un livre et un mauvais sort

C'était l'hiver 1980-1981 dans la ville de Naples désemparée après un tremblement de terre, dans un chantier de l'urgence du bâtiment, une paie de 25 000 lires[1] par jour. J'avais trente ans et un sillage de compagnons perdus derrière moi, une foule, des années de lutte, de noms et pas de quoi revenir en arrière.

Beaucoup de mes camarades plongeaient des aiguilles dans leurs veines, parce que le vin tue trop lentement et qu'ils étaient pressés. Moi, je ne savais pas faire comme eux, mon corps était trop fatigué le soir pour lui en demander plus. J'avais besoin de pages à tenir en main comme un verre et de m'y plonger la tête la première jusqu'au terminus. Sur un drap par terre, une vente de trottoir, parmi des livres d'occasion,

1. 12,50 euros.

j'avais ramassé Céline, un salaud à prendre et à flanquer au panier.

Voyage au bout de la nuit, voyons un peu ce que tu en sais toi, Louis-Ferdinand, de ce wagon à bestiaux qui nous a pris en charge et qui nous a dispersés et répartis en putains et prisonniers.

À trente ans, je croyais connaître déjà la vie, je cherchais seulement un peu de compagnie. Je pouvais la prendre dans les livres, je pouvais m'en prendre à eux. Combien en ai-je jetés, en quelques pas du drap à la poubelle, ils ne coûtaient rien, je les ouvrais et au bout de quelques pages : va-t'en donc. Quel paquet de pages pouvait résister à un lecteur qui voulait s'étourdir et se battre avec les restes des écritures des autres ? C'est ton tour, Louis-Ferdinand, voilà tes deux cents pas, d'ici à l'arrêt où se trouve le tas de déchets qu'on enlève quand on y pense.

Et en fait rien : je l'ai lu jusqu'à la dernière ligne et alors seulement je l'ai jeté aux ordures, mais par amour, pour ne plus avoir à partager avec un autre moi-même, des années plus tard, la tentation d'une relecture.

Je ne veux plus savoir pourquoi ce livre a soutenu mon mauvais sort pendant l'hiver du tremblement de terre de 1980, sur le chantier et dans les dysenteries de la ville qui se vidait dans les rues. Je ne veux rien savoir du moi-même d'alors, et un livre sert justement à ça, à effacer les jours.

« Qu'est-ce que tu as dans ton sac, la Bible des protestants ? » me demanda un vieil ouvrier quand le livre tomba de mon sac à midi, tandis que je prenais ma gamelle remplie de pâtes. Pas de réponse, je n'étais pas capable de sortir une maudite phrase entre bonjour et bonsoir.

Mais je me souviens encore de la voix un peu ironique : « La Bible des protestants ? » Que j'étais quelqu'un à laisser tomber, il l'avait compris, il m'avait donc fait « protestant ». Et puis, il y avait aussi un livre, un ouvrier avec un livre devait être un subversif, alors il était clair qu'il devait s'agir de la Bible de ceux comme moi. Des années sont passées par douzaines, s'il vit encore cet homme a dû oublier, mais pas moi, je me souviens de lui à cause de cette phrase. Depuis lors, dans ma tête, le voyage de Louis-Ferdinand a comme sous-titre « la Bible des protestants ». Céline ne protestait pas, il parlait de sa jeunesse échappée au massacre du front allemand, échappée sans justification, non par lâcheté, non par vertu, seulement par un hasard écœurant.

Il n'avait plus ni paix ni place et il dérapait entre l'Afrique, les malades, les femmes, avec un fond de rancœur parce qu'il ne ressentait plus de haine. Céline l'avait écrit et il avait joué du fifre au groupe d'écrivains de sa génération, les entraînant tous à sa suite pour jeter à la mer les livres des autres, comme Hamelin l'avait fait avec les rats. Son livre résistait entre mes mains sales, sommairement lavées, arrachant des pages en les tournant parce que ni mes doigts ni mes paumes ne sentaient plus rien. Seul Louis-Ferdinand me convenait ces mois-là, seul son *Voyage* tenait compagnie à mon va-et-vient. Et après, je n'ai plus rien lu de lui qui vaille ce ton de vie empoisonnée, volée aux autres du seul fait d'avoir survécu, une vie restée au-dessus d'un amas énorme de jeunes de vingt ans abattus dans les fossés par le gaz moutarde et les éclats d'artillerie.

Un reporter pieds nus

J'ai pu connaître des milliers de personnes de ma génération parce que cette jeunesse est sortie de chez elle pendant pas mal d'années et qu'elle a occupé les rues et les routes de ce pays. Elle a exploré de long en large la société qui l'entourait et s'est fait une idée de la société qu'elle-même constituait déjà. Je n'ai pas rencontré Giancarlo Siani par hasard, mais par un élan spontané à se reconnaître propre à ceux qui ont été jeunes dans les années soixante-dix.

J'étais de nouveau à Naples, douze ans après en être parti, et je me déplaçais avec agilité au milieu des secousses et des décombres. J'avais déjà appris ailleurs le métier de maçon, là je le pratiquais dans un chantier de la reconstruction.

Nous construisions des murs, des barrages, des soutènements pour des pierres désarticulées par la négligence, nous ajoutions un obstacle à un autre. Je reprenais physiquement contact avec la ville : même les rats me semblaient changés, plus arrogants. J'envoyais alors des récits de rue au quotidien *Lotta continua*. C'est ainsi que j'ai connu beaucoup de jeunes : ils trouvaient dans ce journal et dans son journaliste improvisé une occasion de tenter de s'exprimer. J'offrais à mes collaborateurs de fortune la petite compensation de leur nom au bas d'un article, je pensais aussi mettre des graines sur le bord de la fenêtre pour une future rédaction, imaginée comme un balcon.

Giancarlo fut le premier à se lancer avec moi, mais il ne pouvait pas signer les informations qu'il me donnait. Il exerçait une fonction précaire de collaborateur au *Mattino*, un temps d'apprentissage qui est souvent sans règles ni échéances, sans rétribution ni filet. Il ne pouvait mettre son nom sur les papiers que j'écrivais avec ce qu'il me disait.

J'ai relu ces pages décolorées et j'ai reconnu ses informations directes, prises sur place. C'était un journaliste, car il estimait nécessaire de faire une recherche sur le terrain pour son propre compte. C'était un journaliste parce que l'information ne lui suffisait pas, et parce qu'il voulait fouiller la vérité.

Dans les années soixante-dix, nous aimions ces médecins chinois qui se rendaient pieds nus dans les villages pour organiser la prévention des maladies. Giancarlo était un reporter pieds nus, il n'attendait pas les informations pour les rapporter, mais il cherchait le mécanisme sanglant qui les produisait. C'étaient les années de l'abordage, le tremblement de terre avait rasé au sol la décence, tout était permis pour s'enrichir, la vie ne valait pas un clou. La pègre se partageait dans le sang chaque centimètre de trottoir, les milliards pleuvaient sur la ville sans parvenir à toucher terre, tous interceptés en plein ciel.

Giancarlo connaissait Torre Annunziata, qui n'est pas le nom et le prénom d'une demoiselle, mais une commune vésuvienne en pente sur la mer réduite alors à l'état d'abattoir, où l'on mourait assassiné pour presque rien. Giancarlo y avait des amis et y recueillait des informations fraîches sur des choses sales. Il s'attirait facilement la sympathie et l'estime, il avait des manières naturellement simples et une courtoisie de personne bien élevée. Il parvenait à dialoguer avec tout le monde en quelques minutes, sans faire copain-copain, mais avec mesure et à voix basse. Ces dons s'accompagnaient d'un courage physique naturel.

Au cours des années d'affrontements de rue, j'avais eu l'occasion de voir bien des formes de cette vertu élémentaire, un mélange de confiance effrontée dans notre propre jeunesse et de conviction qu'il n'était pas indigne de nous de saigner ou d'être menottés derrière des barreaux. Dans ces formes de courage, je reconnaissais d'habitude une angoisse agressive, une fièvre soudaine. Giancarlo était en revanche un courageux doux. Il m'emmenait parfois dans ses déplacements sur sa Vespa, il me montrait les coins de la drogue, les trafiquants et les trafiqués.

Un jour, à Torre Annunziata, nous sommes passés devant un bar où, en le reconnaissant, des types se sont mis à nous suivre en courant. Giancarlo n'a pas accéléré, il a continué à rouler lentement. Moi qui me préparais à tomber sur le premier d'entre eux, j'ai même eu l'impression qu'il ralentissait.

À cette époque, j'appréciais beaucoup cette sorte de retenue intérieure qui ne se laissait pas égratigner par des menaces ou des pièges. Je sais donc qu'il n'a pas eu peur lorsque des salauds l'ont abattu devant chez lui. Il n'a pas donné à ses assassins la satisfaction de raconter sa terreur à celui qui les envoyait. C'était un journaliste et il le savait.

Il ne l'avait appris de personne et il voyait que personne ne comprenait ce métier comme lui.

J'ai quitté Naples et je ne l'ai plus revu. Quatre ans après, j'ai lu dans un journal que Giancarlo n'était plus de ce monde et qu'il n'était pas encore inscrit à l'ordre des journalistes.

Je ne veux pas croire que ce titre lui aurait sauvé la vie, l'infamie aurait suivi son cours de toute façon, comme pour Mauro Rostagno, lui aussi assassiné au cours d'un automne de ces maudites années quatre-vingt, pour avoir compris le journalisme comme un service et non pas une carrière.

Mauro et Giancarlo, deux noms de ma génération sur les milliers que j'ai connus, s'étaient mis sur un bon chemin, de ceux qui d'habitude sont déserts.

Séismes et fantômes

Dans toutes les familles napolitaines, deux sortes de récits revenaient souvent : le tremblement de terre et les fantômes. Aucune génération n'est restée à court de ces manifestations. Elles sont la trappe sur laquelle reposent les sommeils des gens de chez nous et de la Méditerranée. D'ailleurs, on sait bien qu'une ouverture de l'enfer se trouvait près du lac Averne, utilisé ensuite comme parc à moules.

Du côté maternel, je descends d'un docker, dont le fils était devenu richissime.

Parti de zéro, il avait fondé une société de remorqueurs et d'équipements frigorifiques navals. Il était analphabète et savait seulement faire sa signature. J'ai entendu raconter cette histoire avec orgueil par sa fille, ma grand-mère. La légende de sa fortune était rigoureuse, confirmée par un inventaire.

Le regret était alimenté par la précision :

petit à petit, ses enfants avaient tout vendu. En l'espace d'une demi-génération, ils étaient redevenus pauvres. Ce fut une courbe financière décrite entre les deux guerres et qui démolit ce que les Buddenbrook mirent un siècle à liquider. Sur la mer Tyrrhénienne, les fortunes s'évaporent plus vite que sur la Baltique.

Après la mort de son père, ma grand-mère prit sa part du butin légué avec cette insouciance illustrée par le proverbe local : l'argent de l'*nfinfirinfì* s'en va avec l'*nfinfirinfà*[1]. Le mystérieux message annonce simplement la vitesse à laquelle fuit l'argent gagné facilement. Les héritiers restèrent dans l'immense maison paternelle de la via Flavio Gioia, près du port.

Un jour, en pleine débauche des affaires vouées à l'échec de leur défunt père, sa canne commença à montrer des signes d'impatience. Ses enfants ne la trouvaient pas à sa place habituelle, ils entendaient des bruits dans une autre pièce, s'y précipitaient et la découvraient par terre au milieu d'un tas d'objets en désordre. C'était une canne à laquelle leur père tenait beaucoup, achetée lors d'un de ses voyages à Londres. Une canne de Malacca avec un manche

1. Onomatopée napolitaine.

en ivoire. Ces premiers signes furent suivis d'autres plus explicites.

La canne se rendit coupable de voies de fait sur les deux fils dilapidateurs, les poursuivant, les bastonnant et les terrassant de frayeur. Ils s'enfuirent tous précipitamment, laissant la marmite sur le feu.

Ils étrennaient ainsi un dispositif d'évacuation rapide qu'ils mettraient plusieurs fois en pratique par la suite. Toutes les familles devraient disposer d'un plan d'urgence, un code « jambeaucou », selon la coutume du Sud : pour ne pas se croire non plus installés pour l'éternité sur le sol et se souvenir que nous sommes tous des locataires susceptibles d'êtres évacués, propriétaires compris.

Ils revinrent à leur domicile avec un prêtre expert en exorcisme, qui enfuma la maison de fumigations et de formules. Pour régler le problème, il emporta la canne irritable.

Telles étaient les histoires, une matière irrésistible que chacun savait développer avec habileté et instinct, provoquant les frissons ou le rire selon l'heure et le plaisir. J'apprenais ainsi que la littérature ne pouvait rivaliser en puissance avec les conteurs et le théâtre qu'ils portaient sur le dos. Les livres que je commençais à connaître captivaient différemment, sans le coton-poudre des événements rythmés par les voix.

Je découvrais l'infaillible précision des expériences en littérature. Je m'étonnais de la puissance définitive d'une phrase. Lire élargissait le champ de mes sens, m'apprenant à sauver les détails du pilon. Puis, l'Écriture sainte a rabaissé la vanité des livres, en les plaçant à la hauteur du sol, entre les chaussures et les balais. Mais aucune histoire écrite ne peut valoir les secousses des fantômes et des séismes suscitées par la voix de *nonna* Emma.

Pas de Funiculì funiculà [1]

Une coulée de lave séchée, une brûlure tyrrhénienne parcourt les vers des derniers mois de la vie de Giacomo Leopardi.

Ils jaillirent sous sa plume à Naples, escale provisoire mais d'où il ne partit plus. Les lieux de passage recèlent des pièges pour l'animal migrateur, mais Giacomo était déjà piégé intérieurement. Il y arriva en octobre, en 1833, accablé d'ennuis de santé et presque aveugle à cause d'une infection oculaire. Les médecins napolitains le soignèrent avec du chlorure de mercure, appelé aussi « onguent napolitain ». Aujourd'hui, ce nom éveillerait la méfiance, mais il fut efficace puisque au bout de quelques mois, Giacomo pouvait regarder le panache de fumée au vent sur le solennel cratère du Vésuve.

1. Chanson napolitaine composée en 1880 pour commémorer l'inauguration du funiculaire qui avait eu lieu un an plus tôt.

Voir le monde à la suite d'une guérison, c'est le percevoir sous une vérité plus impudente. Giacomo pressentit le soupir réprimé d'une puissance gigantesque, jamais effleurée jusque-là. Et en lui s'éveilla le chant de frayeur envers la terre présent dans de nombreux vers courts et abrupts.

Naples prolongea peut-être sa vie, ces trente années qui étaient son lot, ou du moins avait-il l'impression d'aller mieux. Il était pourtant mal en point, comme le note dans son journal le poète allemand August von Platen, homme sarcastique et fier provocateur du romantisme.

Il lui rendit visite et le trouva dans un état « absolument horrible ». Il le décrit ainsi : « Sans pouvoir bouger et sans pouvoir se concentrer à cause de l'état de ses nerfs, il mène une des vies les plus misérables qu'on puisse imaginer. »

En échange, Giacomo avait Antonio Ranieri, qui l'accueillit à Naples et le soigna jusqu'au bout ; en échange, il avait la ville, affectueuse et effrayante, intime, exposée. Il habitait entre San Martino et Capodimonte, une courbe de niveau juste au-dessus du marasme des ruelles. Et, à Torre del Greco, il vit cette plante qui avait réussi à prendre racine sur les pierres à fusil, cuites dans la profondeur des fours, il vit le genêt sur les champs brûlés de Pompéi. Il vit briller sur la dévastation l'arbuste difficile qui sentait bon le sucre et il tira de son corps, accroché à ses derniers mois de vie, les trois cent dix-sept vers de son plus long poème.

Il comprit que le Vésuve était un exterminateur. Ce n'était pas l'Etna, qui laisse échapper ses pressions par vagues, libérant le feu à tempérament. Au-dessus de Naples, le volcan était une colère de matière emprisonnée, une nature indifférente à toute vie, le grondement d'abîmes « à l'utérus tonitruant ». Voilà la mère, le ventre fendu qui met le feu au monde, écorche les terres et fait bouillir l'eau au fond des puits : en fait de vie, c'est un massacre. Alors monte à sa gorge le solfège sulfureux, le sarcasme envers les enthousiastes du progrès, des sciences : qu'ils viennent voir à quel point les magnifiques destins des humains tenaient à cœur depuis toujours à la nature. Il purge de ses os mourants le cruel poème sur l'immense et la plus poétique dénonciation de la fureur de la terre.

Ce furent Naples et son volcan qui raclèrent du plus profond de ses maux ses vers les plus phlégréens. Ceux qui sont de ce lieu et n'en éprouvent aucun orgueil se sont assoupis.

Il existe parfois un lien de nécessité entre un endroit et une œuvre qui y reste écrite et inscrite.

Sans rapport avec l'inspiration, mais avec une mystérieuse extranéité entre auteur et environnement, un choc d'étonnements et d'aversions. Comme l'île de Patmos pour Jean, rattrapé justement là par le vent de la divinité qui lui imposa la rédaction de l'Apocalypse de façon dictatoriale, comme le château de Duino pour les *Élégies* de Rilke : le Vésuve fit de même avec Giacomo.

Il laisse par écrit le sentiment tellurique d'un peuple étendu entre un volcan et la mer. Il met en vers la nouvelle qui bat en brèche l'arrogance de ceux qui se croient résidents sur terre et sont en fait comme dans une ruche au milieu des ours, chaque génération exposée aux coups de patte.

Leopardi le bossu, l'estropié de naissance, est une antenne naturelle qui transpose dans un poème le signal d'un peuple sismique, royal, enraciné sur des laves comme les genêts.

Giacomo, qui avait étudié l'hébreu ancien, avait déjà rencontré dans les histoires saintes le genêt, le *rotem* sous lequel Élie, le prophète pourchassé, demande de mourir et sous lequel il s'endort et rêve. Giacomo a senti se fondre en lui le chant du poète et le sanglot convulsif du prophète.

Pas de *Funiculì funiculà*, pas de petit tour pour lui sur le cratère : pour lui, le genêt du Vésuve est celui d'Élie, la plante vivace qui charge ses vers du devoir d'annonce.

Alors, qu'importe si au numéro 30 de la via Santa Teresa degli Scalzi, à côté d'un balcon illégal et au-dessus d'un petit portail en aluminium, devant une boutique, il y a une plaque noircie, aveugle comme la vue de Giacomo à son arrivée : « Il est mort dans cette maison » ? Qu'importe que la ville l'ait oublié ?

Il l'a habitée en son centre, il l'a partagée en secret entre le bon éditeur Starita qui a imprimé ses livres et le méchant Bourbon qui les saisissait pour leur odeur anticléricale. À la ville, encore capitale d'un énième règne, de siècles et de peuples, il a laissé dans *Ginestra*[1] le vers qu'elle porte comme un emblème : « *Caggiono i regni intanto / passan genti e linguaggi ella nol vede*[2]. »

Ville, quel genre d'hôtes as-tu eus et avec quelle princière arrogance les as-tu archivés sous terre !

Laisse tomber, ne cours pas nettoyer la plaque, envoie au diable la villa de Torre del Greco où par un négligeable hasard fut écrit *Le*

1. *Le genêt.*

2. « Les règnes cependant se succèdent / les peuples et les langues passent, elle ne le voit pas. »

genêt, papier poétique de ta frayeur tellurique et de la précarité des vivants sous le soleil. Sous le soleil, sous le tien, Giacomo sut que Kohèlet/ l'Ecclésiaste se référait à un lieu sans ombre et sans issue, non pas à une plage pour baigneurs, mais à la réverbération aveuglante d'un marais salant.

Et cela fait plus de soixante-dix ans à présent que le Vésuve retient la colère du sol sous son écorce, alors qu'on élabore des projets d'évacuation en cas de fissure. On pense diriger l'exil de six cent mille personnes comme les essaims d'une transhumance, d'un pâturage à l'autre. Les Hollandais, tellement plus disciplinés et bien moins nombreux, n'ont pas voulu quitter leurs maisons devant une digue sur le point de céder, et il fut nécessaire d'employer la force. Personne ne voudra être déplacé avant de voir la lave dans la rue, avant qu'il soit trop tard.

Parce que le tard contient tout entier le temps nécessaire à l'espoir et au miracle. Ainsi ferais-je moi-même et ainsi ferait le « protecteur civil », si seulement il essayait de se mettre à la place de ses sans-protection. Une grande partie d'entre eux n'ont rien d'autre et ils mettront aussi en jeu leur vie pour ne pas le quitter. Bien sûr, ils savent eux aussi ce que Giacomo annonce à la fin du *Genêt* en prédisant la menstruation inévitable du cratère : « *anche tu presto…* [1] »

Mais le bientôt dans les choses de la nature n'implique pas l'impudente échéance d'une lettre de change et pourrait même sauter le tour de terreur de cette génération. S'il en est ainsi, tout le mérite reviendra à San Giorgio a Cremano, qui n'est pas un saint en personne mais l'une des communes qui sont exposées à l'éruption, et patrie de Massimo Troisi. Si l'on reste, le temps de cette génération, dans la tiède antichambre du four sans y entrer, ce sera parce que Massimo aura fourré une de ses répliques dans la gueule du Vésuve, y laissant la valve de défoulement du gaz d'un éclat de rire.

1. « Toi aussi bientôt… »

Dernier renouvellement

Nos deux cartes d'identité expiraient à la même période. Nous nous sommes rendus à la mairie du village avec la photo petit format de nos visages, pour le renouvellement de nos papiers.

Pour entrer dans la voiture, elle se laissait tomber sur le siège dans une chute contrôlée. Pour sortir, elle mettait d'abord ses jambes dehors, puis elle se glissait au bord du siège par de légères tractions. Et de là, elle tentait un petit plongeon en avant pour se mettre debout. Il en était ainsi de ses journées qu'elle entamait par un élan de volonté. Si elle n'y arrivait pas, elle revenait en arrière et réessayait : « *C'a faccio, c'a faccio*[1]. » Elle ne voulait pas qu'on l'aide. Une fois debout, elle prenait mon bras et nous nous mettions en marche.

1. « J'y arrive, j'y arrive. »

Les bureaux de la mairie se trouvaient au premier étage d'un vieil immeuble. Nous y arrivâmes, en nous arrêtant toutes les trois marches. Les gens qui montaient et descendaient s'écartaient aimablement. Au village, on est comme les tuiles sur le toit, qui se passent l'eau l'une l'autre. Ma mère avait un sourire forcé pour ceux qui lui en adressaient un d'encouragement.

Au premier étage, on libéra une place pour qu'elle s'asseye. Quand ce fut notre tour, nous entrâmes dans une pièce avec des bureaux et une employée se leva pour lui donner une chaise. Nous étions en mars, un peu de soleil tiède et un reste de fleurs de mimosa émaillaient les vitres. L'employée remplissait nos nouveaux papiers, ma mère regardait dehors.

« *Chist'è l'ultimo rinnovo*[1]. » Sa phrase intime, sortie dans un lieu public, me prit à l'improviste. Elle y mettait un peu de napolitain pour marquer sa provenance, dans son petit village du Latium.

« Que dites-vous, madame ? Vous êtes si jeune. Je vous avais prise pour l'épouse de monsieur. J'ai vu que vous étiez mère et fils en lisant vos

1. « C'est le dernier renouvellement. »

papiers. » L'employée le dit simplement, sans chichis, pour ne pas laisser passer le mot amer. Les deux autres tables se sentirent impliquées par cette belle réponse et joignirent leurs voix à la sienne. Si ma mère avait dit : « Aujourd'hui, c'est mon anniversaire », elle n'aurait pas reçu plus de vœux. Elle hocha la tête et sourit en signe de remerciement, en continuant à regarder le jaune opaque du mimosa délavé.

Nous prîmes nos cartes d'identité neuves, l'employée se leva, voulut lui serrer la main et l'accompagner à la porte. « Chère madame Emilia, nous nous reverrons à la prochaine échéance de renouvellement. » Ma mère leva les cils au plafond, élargissant le blanc autour de ses pupilles bleues. Appuyée à mon bras et à la rampe, elle descendit les marches avec plus de prudence qu'à la montée. « Tu as entendu ce qu'elle a dit ? Tu fais plus vieux que ton âge », me dit-elle.

Je répondis autre chose : « Ça m'impressionne quand on m'appelle monsieur. On dirait qu'on se moque de moi.

— C'est sûr, tu t'habilles mal, tu ne te rases pas, tu as trois cheveux sur la tête qui se battent en duel.

— Je ne travaille pas dans un ministère. »

Nos conversations tournaient souvent autour de mon aspect négligé. Elles passaient ensuite à l'ail. Je mangeais deux gousses crues au dîner et elle me prévenait de l'effet produit sur les personnes qui m'entouraient : « Elles t'évitent, tu ne vois pas ? » Et elle me citait à nouveau un exemple.

Un soir, après le dîner que nous prenions à sept heures, je reçus un coup de fil de la Rai qui me demandait de commenter un fait du jour aux dernières actualités. J'acceptai, ils vinrent me chercher et me ramenèrent à la maison. Ma mère m'attendait, encore éveillée : « Tu as vu ce pauvre journaliste ? Il ne savait comment faire. Il s'est mis au bout de la table, il cherchait un peu d'air. Quand comprendras-tu que tu fais le vide autour de toi ? »

Je le comprenais, mais l'ail était le dernier des ingrédients qui m'avaient isolé. Auparavant, c'étaient les livres qui s'en étaient chargés, dans ma petite chambre de Naples, où je dormais, au-dessous d'eux. Les livres ont dressé des barricades jusqu'au ciel pour moi.

L'ail n'encourageait pas les baisers, mais ce n'était pas lui qui m'avait privé de noces. Une marche après l'autre, nous sommes descendus du bureau de la mairie sous ses protestations.

« Moi, je me suis habituée, il m'a fallu toute une vie. Personne ne voudra vivre avec toi, après moi, et pas à cause de l'ail. Une personne qui est près de toi se sent seule. »

Dans la voiture, elle repensa à sa nouvelle carte d'identité. « Je regrette d'en avoir refait une autre, je n'en ai plus besoin. »

Pour la deuxième fois ce matin, sa phrase tombait et je ne la recueillais pas. Dans le bureau, il y avait eu ce chœur, et dans la voiture que je conduisais, je ne trouvais pas de réponse pour la contredire. Je cherchais une réplique qui ne me venait pas, et je me contentais de conduire, en silence et mal noté. Les étrangers du bureau de la mairie avaient été tellement plus chaleureux et prévenants envers elle.

Cette pièce d'identité faite alors avec elle va bientôt expirer. Il me faudra retourner au bureau du village pour la renouveler. J'ai envie de laisser tomber. Je n'ai rien su dire ce jour de mars et de mimosas fanés. Je n'ai pas eu de réponse à sa phrase qui me prévenait que notre vie commune allait se terminer.

Les vies et les papiers ont une fin, ils atterrissent dans un tiroir, mais il ne faut pas les laisser sans un mot. Un vieux maître, Akivà, a dit : « Le silence est une haie autour de la sagesse. »

Le sien était peut-être bien ça, une haie, mais un silence erroné fait rouiller le fer dans le sang. Celui qui se tait par incapacité est condamné à répéter dans le vide des soirs les mots de réponse qui ne sont pas venus à temps. « Celui-là, c'est le dernier renouvellement. »

Maintenant, arrive comme une rengaine la réponse qui s'échappe : disons que c'est l'avant-dernier.

Anniversaire

Le 18 janvier, c'est l'anniversaire de ma mère. Elle aurait quatre-vingt-dix ans. Elle les aurait voulus, elle n'était pas lasse de vivre, de lire. « Qui sait s'il y aura des livres là où je vais » : je n'ai jamais entendu quelqu'un parler d'un au-delà pourvu d'une bibliothèque. Les pages lui ont tenu compagnie mieux que moi.

Elle relisait les grands romans de Proust, Dostoïevski, Tolstoï, le jour et même la nuit quand le sommeil cessait.

« *E dimme quaccheccosa, nun me lassa' accussì* [1] » : elle me disait tout à coup la phrase de la chanson de Pino Daniele, pendant le dîner, moment où j'étais encore plus silencieux et fermé, silencieux et vidé par ma journée sur le chantier. Je mangeais en pensant à un vers de ma lecture faite tôt le matin, à une prise que je n'arrivais

1. « Et dis-moi quelque chose, ne me laisse pas comme ça. »

pas à tenir le dimanche, en tentant une voie en montagne.

« *E dimme quaccheccosa, nun me lassa' accussì* » : je me réveillais de mon absence avec un sourire idiot, sans savoir quoi dire ni lui offrir la compagnie dont elle avait besoin. Aujourd'hui, sa voix qui brisait le silence avec la phrase de la chanson cogne dans ma tête, comme un mal de dents.

En réalité, c'était elle qui parlait : elle suivait trois journaux par jour, celui de Naples, qu'elle lisait, elle en écoutait un autre à la radio et elle regardait les infos à la télé. Elle me donnait des nouvelles du monde à travers ses points de vue et ses sentiments. Elle prenait parti, elle défendait, accusait. Elle voulait me faire partager son indignation, son entêtement, ses sympathies. Elle m'incitait, mais j'avais déjà mes propres incitations. Elle ne posait pas de question sur mon passé et elle ne voulait rien savoir. Pour elle, j'étais un écrivain et c'était tout.

Elle me racontait des histoires de vies bien remplies venues et évaporées, des albums d'images de sa famille feuilletés certains soirs par sa voix. J'écoutais et réécoutais des noms de personnes qui lui étaient chères et pour moi disparues. Je me sentais loin et je me trompais. Les images de son album me concernaient toutes. J'étais fait d'elles, c'étaient mes ingrédients, bien plus que des parents. À travers ces personnes, elle me parlait de moi. Elle me faisait savoir que moi j'étais cette foule.

À présent, elle aussi fait partie de l'histoire. Dans ma cuisine, le soir, assis à notre table déserte, je mâche mon dîner les yeux dans mon assiette et j'avale les manques dont je suis composé.

L'espace de personne

S'ils avaient été des armes accrochées au mur, je serais devenu un chasseur, mais c'étaient des livres, empilés jusqu'au plafond. Ils étaient autour de moi et tout contre moi. J'ai été un enfant, puis un jeune garçon à l'intérieur d'une chambre en papier. Mon père les achetait par kilos, ils étaient son ailleurs, la distance entre lui et les tomates et les fruits au sirop, produits de son travail. Il rentrait le soir, se mettait dans un fauteuil, étendu sous un livre. Ainsi, il se trouvait en plein air.

Ce geste quotidien, notre silence à nous ses enfants pour le laisser à la meilleure partie de son temps, les fenêtres fermées même en été, pour ne rien écouter d'autre que les pages : ce geste-là m'a mis sur la route.

« Un jour, tu n'auras pas à les acheter, je te les offrirai moi, des étagères entières écrites par moi-même. Si ton temps le plus parfait est d'être avec les livres, alors ils te viendront de moi gratuitement. Je te rembourserai en livres. »

Comment un enfant arrive-t-il à croire à ses propres paroles ? C'est facile : elles ne sont pas encore à lui. Elles viennent d'une autre partie de la vie et se montrent en avance, à l'improviste. Les enfants font du trafic de prophéties avec eux-mêmes et ne tremblent pas quand elles sont atroces.

« Je te les offrirai moi, je contraindrai la vie à être dans les livres, d'abord la mienne, de force, puis les autres sur invitation. »

Je mets mes phrases entre guillemets, mais je ne les ai pas dites. Comme le poisson pris à l'hameçon qui se décroche juste devant le bateau et replonge, on voit la prophétie, on sent son poids, mais on ne la tire pas à bord, au sec. On ne doit pas la forcer par la voix, on doit la laisser s'en retourner, d'où elle est venue, depuis l'au-delà des jours et des années. Elle ne se réalise qu'ainsi. Si on la prononce, on l'étouffe. C'est pourquoi je n'ai pas dit des livres : je te les offrirai moi.

Et c'est arrivé, parce qu'il devait en être ainsi. Aucun autre choix ni variante, mais un ordre venu de l'avenir d'un enfant qui exécutait simplement son mandat. Je ne lui ai pas mis un fils dans les bras, mais un livre, à temps pour le voir l'ouvrir, le respirer au milieu, effleurer sa couverture lisse, s'informer sur le prix : « Le livre de mon fils. » Il était aveugle. C'est ma mère qui le lui a lu.

Je suis attaché à ma première publication parce qu'il l'a eue. Sur la couverture on voyait trois d'entre nous dans une pièce de la maison, bien des années plus tôt, et il y était aussi parce qu'il était derrière un appareil photo Ferrania et qu'il nous éclairait. Telle est l'amorce de ma vocation, une pièce en papier, un père qui la meuble et qui la feuillette. Les livres ne redoublent pas l'épaisseur des murs, ils l'annulent au contraire. À travers les pages, on voit dehors.

D'après un écrivain français, lire la littérature c'est de la vie épargnée, tu peux te passer de la vivre. Pour moi, ce fut de la vie déjà vue, à reconnaître avant de la connaître, comme ça arrive en amour, quand la nouveauté de la figure aimée surprend parce qu'elle est gravée depuis longtemps. Les livres étaient de la vie qui me prévenait : comment me comporter à la place de Vronski, Mychkine, Gulliver, Rossinante, Tom Sawyer, Billy Budd. Une vie d'autres, à laquelle je croyais et que je possédais, m'apprenait à réagir, à raser des hauteurs et des bassesses inconnues.

Si lire est une maladie, qu'elle se contracte à partir des autres et se transmet, elle est infectieuse et non défectueuse. Le monde est défectueux, une fois le livre fermé. L'enceinte des livres, petite comme le panier d'une montgolfière, ouvrait sur tout.

Ainsi me suis-je mis à fourrer la vie dans le détroit des mots.

Hrabal a épinglé dans le titre d'un livre une définition qui peut s'appliquer à moi : *Une trop bruyante solitude*. Tel est l'état de mon crâne, pris d'assaut par des essaims d'histoires qui créent une ruche dans mon vide. J'ai appris ainsi que pour écrire il faut être libre, expulsé, comme un logement où arrivent les histoires, par caravanes tziganes en quête de l'espace de personne.

Guernica, Naples, Belgrade

Dans le ciel d'une petite ville basque, le 26 avril 1937 à 16 h 30, se présentèrent les avions allemands de la légion Condor. À 19 h 45, environ trois heures plus tard, le premier acte de terrorisme de l'histoire moderne, la destruction de Guernica, était terminé. C'était lundi, jour de marché, l'alarme fut donnée par une cloche cinq minutes avant le raid. Il y eut deux mille morts.

J'appelle terrorisme le bombardement d'une ville. Terroriste est celui qui se donne comme objectif militaire la vie de la population civile.

J'ai eu dans les oreilles de mon enfance napolitaine d'après-guerre les récits des bombardements sur Naples, plus de cent. Plus de cent fois, à n'importe quelle heure, les Napolitains furent propulsés dans la rue par la sirène d'alarme. Les récits écoutés avaient des voix de femmes. Les hommes étaient au front ou dans les camps.

Les femmes, les vieux, les enfants supportèrent les massacres qui pleuvaient au hasard.

Les vieux se turent et les enfants oublièrent. Restèrent les femmes, gardiennes inexorables de la frayeur. Leurs voix montaient sur une note aiguë, descendaient dans un soupir, s'enrayaient face à un souvenir atroce, trouvaient l'échappatoire d'un éclat de rire pour une scène comique dans la tarentule d'une fuite. Des rires tout à coup : ils servaient à évacuer.

Un enfant à l'écoute derrière une porte ouvrait bien grand ses oreilles et s'identifiait de tout son corps grâce à la modulation de fréquence des voix : la poussière des écroulements brûlait sa gorge et ses yeux, la puanteur des cadavres coincés sous les décombres, la fumée des incendies, le sifflement de bateau et de mine de la sirène d'alarme, qui se cabrait en hauteur et gardait en suspens la note aiguë de l'alarme aérienne. Telle était l'annonciation à laquelle avaient droit les jeunes filles, femmes de la guerre.

Quand un rire de compensation s'échappait des voix, l'enfant tremblait encore plus derrière la porte, ce rire donnait la chair de poule plumée.

Elles avaient supporté la terreur d'exploser, de s'écrouler avec le bâtiment, terreur du déplacement de l'air d'une explosion dont la force de frappe tue plus sûrement que l'écroulement et le feu. Lever les yeux au ciel, c'était la frayeur de voir les silhouettes en croix des bombardiers. Il en vint aussi sans l'avertissement de la sirène.

J'étais à Belgrade pendant le printemps des bombardements de 1999, arrivé la nuit de Hongrie dans une camionnette. C'était pour moi un devoir de déserter mon pays qui faisait décoller de ses pistes les bombardements aériens. Le vingtième siècle se terminait au son de la sirène d'alarme. Je l'entendis arriver cette nuit-là, je la reconnus, telle qu'entendue à travers les voix des femmes de Naples. La tonalité, l'étendue, l'aigu : c'était la même. La sirène d'alarme de Belgrade, en cette nuit d'avril sans aucune lumière allumée, imitait les voix des femmes de Naples, gravées en haute-fidélité dans leurs cauchemars. Elles se la racontaient pour la réduire à une histoire. La voix humaine est la seule thérapie qui sache le faire.

Guernica n'avait aucune importance militaire, comme Belgrade. La guerre moderne recherche l'extermination des civils. Picasso a rendu gigantesque un de ces massacres. Naples,

Belgrade et les villes sœurs de Guernica n'ont eu aucune dédicace d'hommes illustres. Alors, leur deuil reste gravé dans les voix des femmes qui ont répété la rengaine de la sirène d'alarme.

Éducation ischitaine

Dans la huitième des *Élégies de Duino* de Rilke, j'ai trouvé un vers inextirpable, comme ces hameçons de pêche qui entrent sous la peau et voyagent dans le corps : « Et combien est bouleversé celui qui doit voler et provient de ce sein. »

Je venais de pièces fermées, protégées du vacarme et de la fermentation des rues étroites et à l'ombre. Je venais de quelques mètres d'espace pleins d'obstacles et le même jour, un seul bras de mer, je me retrouvais sur les plages de l'île d'Ischia. Quel saisissement éprouvait celui qui venait du sein des ruelles et qui avait brusquement devant lui la mer grande ouverte.

Les mouvements de la natation sont ceux qui ressemblent le plus à ceux du vol. La mer donne aux bras ce que l'air offre aux ailes. À peine arrivé, au début de l'été, je redevenais nu ; je me détachais de la terre qui m'avait retenu pendant neuf mois dans sa coquille et je nageais en battant de mes pieds rameurs et de mes bras ailés, me posant sur les rochers, repartant dans un plongeon.

L'île était un champ sans fin pour un enfant, puis jeune garçon, noyé dans des réclusions domestiques. Je les admettais toutes en ville et j'en ajoutais de nouvelles : comme celle de renoncer aux camarades de mon âge et à leurs jeux. J'inventais des interdictions, je plaisantais avec les serrures, j'accumulais des limites. L'île faisait tout valser, elle ouvrait des clôtures.

Les premières journées provoquaient vite la mue annuelle des serpents. Je pelais, changeant de peau en quelques nuits. Une autre affleurait qui voulait rester nue, sans souliers, avec sur elle le sel de la mer mélangé à celui de la sueur sèche. Et toujours un reste de poisson sur les doigts, odeur des ruelles de pêcheurs où se trouvait notre maison et où coulait un ruisseau d'eau salée et de poisson éventré.

Les hommes de la pêche se rendaient la nuit sur leurs emplacements au large, chacun avait son fond de mer bien précis, réglé par deux ou trois points d'horizon. Le matin, écailles, branchies, tripes étaient sur la plage près des pêcheurs endormis à l'ombre des barques tirées au sec. Les hommes avaient cette odeur et je l'absorbais en touchant les algues, les flotteurs en liège, les nasses. Alors, pas de savon ni de shampoing, c'étaient la mer et le sable bouillant qui s'occupaient de nettoyer le corps, revenu tout froid et trempé après la nage. Les cils jaunissaient, les cheveux se décoloraient en blond, la peau prenait la consistance d'une gousse de caroube.

La liberté était de s'épaissir, d'avoir une écorce qui grouillait de poils jaunes. L'île apprenait à être une bête pour soi, elle donnait au corps la force d'une frontière. Elle était immense, aujourd'hui encore je ne la connais pas toute. La géographie des livres d'école mentait en la présentant grande comme un ongle. Elle contenait au contraire les immensités, les explorations et les Océanies. Adulte, je n'ai pas su avoir un désir de tropiques, l'île m'a suffi.

La *ciambella*[1] de mer Tyrrhénienne qui tournait autour d'elle suivant les vents a été l'équateur. J'ai exploré la côte à la nage, à la rame, je suis monté sur tous les rochers. Une nuit, j'ai fait l'amour dans l'eau au large, j'avais des jambes de nageur pour la porter elle aussi et nous flottions par poussées. Un jour, j'ai pressé

1. Petit gâteau en forme de couronne.

ma semence tout seul par pur bonheur de solitude du haut d'un rocher que j'avais escaladé. Fatigué par la nage, raidi par le froid, j'étais monté tout en haut, là où il y avait des épines, des lézards, des crottes de mouettes et où la terre brûlait. Je m'étendis sur l'aspérité du sol et je fus pris par la chaleur du soleil au-dessus de moi et celle du terrain surchauffé.

Ma respiration se fit plus profonde, mon sexe se dressa fier et joyeux et la semence roula dans la poussière à l'aveuglette.

J'ai touché l'immense en peu d'espace, l'épuisement du corps et l'énergie absorbée par un fruit cru de mer. J'étais une chose de la nature exposée à la saison. Je donnais le nom de l'île à cette liberté. Si je ne suis pas une strate jaune de sa croûte craquelée, fendue par les vignes qui la forent, si des chardons ne poussent pas de mes yeux, si je ne rêve pas la nuit comme un rocher balancé par des bradyséismes, je ne pourrai pas apprendre.

C'était un sol béni, les plants de tomates le long des roseaux qui soutiennent leur offrande piquaient le nez, si grande est la force du parfum, et la peau fine des figues fondait dans la bouche, le sucre se répandait sous les dents.

Les fourmis voyageaient sur mon corps, je les regardais mais je ne les sentais pas sur ma peau.

En revanche, je sentais un centre en moi, une amande fermée, une vertèbre mère qui répondait à l'île.

Ce n'était pas mon sexe et pas même mon cerveau, mais un bout de colonne vertébrale qui remuait par vagues.

Je mangeais une glace en mordant dedans, les mains sales de résine de pin pour avoir écrasé des pignons sur la pierre tiède de l'après-midi. Dans la pinède, un rocher bancal et hardi contenait toutes les montagnes que je gravirais ensuite. Aucune n'a été aussi solitaire que ce rocher que j'escaladais à quatre pattes, les poches pleines de pignons, avec une pierre pour les ouvrir en haut. Enfant, j'ai atteint l'Épomée, le point le plus élevé de l'île. De là, je regardais l'angle plein du monde.

Ischia avait un anneau brillant qui la serrait au large, à l'écart de la terre. Elle était prisonnière, mais cela ne se voyait que de là. Je ne connaissais pas d'autre liberté en dehors d'elle. Il faut fixer à temps ses propres limites et puis les oublier. Les miennes se trouvaient dans le coup d'œil d'une claire journée de septembre au sommet de l'île.

Loin de son rayon, je suis un étranger. La dernière saison à l'âge de dix-sept ans environ, avant de me détacher de tout, une fille observait mes grains de beauté et y voyait des constellations.

Elle appelait ma peau du nom d'un ciel du Sud et un soir, après beaucoup de mer, elle l'a embrassée en disant plus à elle qu'à moi-même : « Comme elles sont salées tes étoiles. »

Avec l'argent durement gagné au début des années soixante, mon père et son frère avaient acheté un terrain à pic sur la mer, un bout de cannaie, sous le saut d'une roche, à Carta Romana, devant les rochers de Sant'Anna dont l'un faisait partie de l'acquisition. Puis, mon oncle eut assez d'argent pour bâtir une maison, mon père non et il se fit rembourser ce premier pari de propriétaire de cailloux et de lézards.

Quand nous étions jeunes, Massimo Vitelli et moi, nous allions à Cartaromana, au cours de nos après-midi de nage, pour écraser des vagues dans la baie entre le château Aragonais et la pointe opposée. Dans le sillage de ses brasses pleines de mer, je résistais seulement grâce au jeu frénétique de mes pieds palmés. Je me déchaînais dans une nage caudale derrière lui.

Quand Massimo coula à vingt ans dans la Tyrrhénienne en descendant en apnée dans un abîme sombre comme un puits, j'ai cessé de nager au large, de naviguer à vue. Une fois perdu son sillage, j'ai cherché tout seul d'autres lignes de passage. J'avance péniblement sur des parois de montagne où les doigts commandent sur les prises et où les pieds suivent docilement, délivrés de poids. Là, je n'ai pas besoin de ses pieds pour me guider.

Enfin, mon début d'île fut San Montano, la parfaite baie qui faisait de la mer une lagune alors que plus loin les vents de nord-ouest hérissaient les vagues de crêtes. Nous étions dans les années cinquante du siècle et moi j'en étais à mes toutes premières. Une vache avançait à travers les chemins de pierre le matin, tenue par un paysan qui tirait son lait dans un seau pour les quelques habitants du village. J'avalais le blanc dans une tasse. Il sentait le basilic et la tomate parce que je le buvais là, au milieu des plantes d'un potager. Mon premier pur souvenir, c'est la baie de San Montano où j'arrivais les pieds nus, brûlés.

Au bord de la plage, de l'eau chaude s'écoulait par endroits entre les rochers. Il y avait les Américains. Des matelots d'un navire de guerre ancré dans le golfe de Naples venaient dans la baie. Ils débarquaient de leurs véhicules amphibies directement sur la plage. Ils essayaient d'aborder ma mère et les quelques femmes en vacances, ils avaient de la bière et de l'argent. Un jour, un matelot fut peut-être plus insistant ou insolent, ma mère réagit mal et un jeune pêcheur de l'île prit sa défense. Le matelot le défia. Un cercle d'hommes se fit autour d'eux, et une bagarre à coups de poing s'engagea. Nous nous étions éloignés. On entendait des coups et des voix qui excitaient.

Quand le tas se défit, le pêcheur avait le visage gonflé de blessures. Il alla se laver dans la mer, il rinçait le sang qui coulait, le répandait dans les vagues comme celui des poissons qu'il vidait sur le rivage.

Dans ce premier souvenir, je mélange encore la mer, l'hémorragie et l'honneur.

J'ai commencé à parler de l'île avec Rilke et je peux terminer avec un autre poète, Brodsky, pour qui les vagues de la Baltique arrivaient sur sa plage par couple, deux à la fois. Elles lui inspirèrent ses rimes.

La Tyrrhénienne de l'île envoyait des vagues furieuses de s'arrêter. Elles raclaient sur le fond des algues, des méduses, des étoiles et des limaces de mer, et les jetaient contre les rochers et les maisons. Elles se retiraient en entraînant sable, barques, enfants. Chaque année il en manquait. La Tyrrhénienne ne faisait pas de rimes, seulement des vers libres. Les vagues portaient au sec les syllabes des cordes, des troncs d'arbre, des flotteurs en liège, des pierres ponces et des filets déchirés.

Le lest du soleil

La mer, le pêcheur ne la regardait même pas. Il rangeait les affaires dans le bateau pendant qu'il avançait, un œil à la proue pour diriger la barre du timon. Il préparait les appâts, il coupait en morceaux le calamar pêché la nuit. Il vidait la sentine, et pour ça je pouvais l'aider, me mettant à genoux pour garder mon équilibre, une main sur le bord et l'autre sur le seau. Le vacarme du diesel nous empêchait de parler, les gestes suffisaient.

Même quand il s'arrêtait, ceux-là restaient. Il m'emmenait moi, fils d'estivants, parce que je me taisais, je faisais et c'est tout, le plus souvent j'étais invisible. La barque était découverte, sans cabine, encombrée de nasses et de filets. J'arrivais à disparaître quand même. La mer, le large, la brume qui effaçait les bords de la côte, me cachaient. Le périmètre de pêche était assez loin pour retirer les terres de la vue. Le diesel tapait dans les oreilles, le moindre centimètre de bois de la barque vibrait.

Aujourd'hui, je sais qu'il était en hêtre, un arbre de colline qui cesse là où commencent les sapins. On descendait les troncs transformés qui n'avaient même jamais respiré l'eau salée. Le miracle du bois, c'est de flotter.

Le métier de pêcheur était un vaste métier. Ils s'y connaissaient en menuiserie et en moteurs, en fer et en vernis. Il n'y avait pas de radio à bord, pas de bouée non plus et aucun d'eux ne savait nager. J'avais honte de ma capacité. Au milieu de la mer, un fils d'estivants encore morveux savait flotter et eux non. Ils allaient en mer sans la regarder, sans un geste d'intimité et d'affection.

C'est à l'usine que j'apprendrais cette façon de rester debout. Pour exécuter un travail, au milieu de machineries dociles et violentes qui ne pardonnent pas la moindre légèreté. La moindre distraction, et la mer calme devenait un piège. Ce n'était pas la nature, pour eux, c'était une usine.

Apprendre c'était ingurgiter, j'avalais tout pêle-mêle, et digérais ensuite. Si je me blessais, je faisais un nœud à mon nerf et j'étouffais dans ma gorge le souffle de la douleur. Je rinçais le sang en cachette, le pêcheur regardait ailleurs, il faisait semblant de n'avoir rien vu. Il avait la cinquantaine, il me semblait vieux, je ne distinguais pas le temps à l'époque. Je ne distinguais pas non plus les arbres, qui sont une bonne unité de mesure. Aujourd'hui, arrivé à son âge, je comprends les cercles concentriques du tronc qui marquent le temps et qui ajoutent chaque année un anneau à leur diamètre. Aujourd'hui, je sais que la distance entre les anneaux se réduit vers la fin.

Le diesel crachait une fumée noire, le pêcheur couvrait les appâts avec un bout de tissu. J'apprenais que les poissons sentent les odeurs, qu'ils ne mordent pas à l'hameçon imprégné de mazout ou de tabac. C'est par erreur qu'en italien la *barca* offre sa racine au verbe *barcollare*, « tituber ». La barque ne titube pas, au contraire elle enfile les vagues de sa proue, remonte vers le haut comme fait l'aiguille après avoir percé l'étoffe et puis redescend pour continuer la couture. La barque a l'allure de l'aiguille, le fil est son sillage, la barque ne titube pas. Il faut une main douce à la barre pour enfiler la vague, l'accueillir ou la contourner. Il me confiait la direction pour ranger quelque chose, il me la retirait si je ratais la vague et que j'envoyais la quille taper dessus.

C'était l'été, j'enlevais mon tee-shirt et je restais en maillot de bain. Le pêcheur portait un maillot de corps même à midi, son pantalon roulé jusqu'aux genoux, un béret bien enfoncé pour ne pas se le faire voler par le vent. Sur son cou, on voyait la limite du soleil, là où il n'avait pas le droit d'aller. Son corps était l'opposé des corps en vacances, gardé sous ses vêtements, défendu comme un territoire contre l'agression de la mer, du vent et du soleil.

Une fois adulte, quand j'ai exercé des métiers manuels, j'ai appris quel genre de charge le soleil ajoute au dos de celui qui travaille dessous, combien il pèse sur l'effort et la durée de son passage du matin au soir. Le soleil est un lest sur le corps d'un ouvrier courbé sur la terre et la mer.

Alors, je ne comprenais pas la défense du pêcheur, je la prenais pour de la pudeur. C'était en fait une protection contre l'usure du jour travaillé sous les plus puissantes forces de la nature.

Aujourd'hui, je bénis ce silence sur le bateau, qui renvoyait à un autre âge les mots à prononcer.

Aujourd'hui, le temps est une page pour écrire sur un pêcheur de mon adolescence. À travers mon corps fatigué, je peux remonter au sien. Je remâche sa leçon muette, sans espoir ni force de pouvoir la transmettre comme il le fit avec moi.

Un poids délicieux

Mon premier baiser fut sur commande. Je fis demander à une fille si elle en acceptait un de moi. C'était un après-midi d'été, le rendez-vous avait été fixé dans une chambre, nous avions quatorze ans. La sueur de l'attente sécha immédiatement. Je m'approchai, elle était debout, les bras le long du corps, au garde-à-vous. J'oubliai les baisers vus au cinéma. À un pas d'elle, je m'arrêtai et je commençai à tendre mon cou. J'avais mal calculé l'espace entre nous, mon cou ne suffisait pas, je l'étirai au maximum de sa rallonge.

Je me penchai sur l'espace libre, un vide susceptible de donner le vertige. Ses lèvres étaient à peine entrouvertes, les miennes tendues s'y posèrent dans ma chute. Ce fut un atterrissage de fortune et dans l'impact désordonné j'embrassai ses incisives. Nous retirâmes nos têtes par ricochet.

« *Il mio cuore le restò sulle labbra*[1] », De André chante le baiser d'un garçon cardiaque : pour moi non seulement le cœur mais tout le reste du corps. Seuls mes pieds restèrent à leur place. Elle fut généreuse, elle m'en offrit un deuxième, comblant la distance, sa robe contre ma chemise, son corps souple contre mes côtes saillantes. Elle approcha ses lèvres et posa sur les miennes leur poids délicieux. Je respirai son souffle. Je sais depuis que le baiser est le sommet de l'intimité amoureuse. De là-haut, on peut descendre ensuite dans la bagarre heureuse des corps qui s'enlacent, qui s'accouplent. Mais le baiser est le sommet atteint, la parfaite ligne d'arrivée. Les prostituées le savent bien et même mieux, elles qui vendent tout leur corps sans un baiser, laissant leur clientèle la bouche sèche.

1. « Mon cœur resta sur ses lèvres. »

Étreintes

Un ami m'a demandé une page qui répondrait au mot « étreintes ».

« Qu'est-ce qui te passe par la tête, lui ai-je écrit, des étreintes ? Notre époque te semble propre aux étreintes ? » Je lui ai répondu par un vers pris dans la liste des verbes à l'infini, écrits par Kohèlet/l'Ecclésiaste au début du troisième chapitre : « Un temps pour les étreintes et un temps pour s'éloigner des étreintes. »

L'autre moitié de ce vers dit : « Un temps pour jeter des pierres et un temps pour entasser des pierres. »

C'est ce que je faisais justement ces jours-là : j'enlevais des pierres d'un champ pour pouvoir le travailler. Je raclais de la terre tous les obstacles et je les empilais dans un coin. Je lui ai écrit que je stockais des pierres et pas des étreintes.

Mais j'étais influencé par le tableau qu'il avait

choisi pour illustrer sa requête : d'Egon Schiele, un peintre de la Vienne de la fin des Habsbourg, qui s'est éteint en même temps que cette dynastie régnante, en 1918. C'était une étreinte, une torsion de deux en une seule forme, un vissage au sol. « Je vois l'arbre des étreintes, un olivier des Pouilles, recroquevillé pour résister au vent. Les deux corps s'accrochent dans un nœud pour que nul ne puisse le défaire », écrivais-je encore dans cette lettre.

Schiele peignait dans une capitale en guerre, les hommes pourrissaient sur le front, les femmes peinaient à la maison : contre cette séparation des corps, des sentiments, Schiele fabriquait sa statue des étreintes.

« C'était le temps propice pour se serrer fort et se planter en terre, pas le nôtre. Nous sommes en papier, un courant d'air nous défait et nous disperse. »

Puis, un soir, une femme inconnue est venue de loin et dans ma maison où il faisait froid, elle m'a demandé de réchauffer ses mains pendant un moment. J'ai démêlé les miennes croisées sur mes genoux, engourdies, pleines de sommeil, et j'ai mis les siennes froides entre ces mains un peu plus larges, un peu plus tièdes.

Et de ce paquet fermé, deux mains entre deux

autres, sont montées les premières étreintes. Le brouillard se lève ainsi sur un champ clôturé. La rugosité des pierres transportées s'effaçait de mes mains.

La femme était un bout de soir de fin décembre, entrée par la porte en même temps que le vent. Dans la première étreinte, j'ai senti une odeur de châtaignes cuites sur ses cheveux duveteux, fins comme une caresse sur la cendre. Elle avait froid, elle était gaie, puis elle s'est servie de ma brosse à dents, parce qu'elle n'avait pas prémédité la sienne. Elle a ri entre mes bras, le sursaut le plus beau qu'un homme puisse contenir.

Je l'ai accompagnée au train et nous n'avons parlé ni de Noël, ni du jour de l'An, ni même échangé des vœux. Sur le trottoir forcé par le vent, seuls ceux qui s'embrassaient restaient immobiles, fichés en terre.

Maintenant, je suis les mains croisées, vides depuis un instant. Elles sont vides d'une manière différente, elles ont été un nid qui a abrité des œufs. Elles sont vides parce qu'elles ont été comblées à ras bord.

Une vallée nommée Giulia

Arrivé à Rome, jeune homme dépaysé, coupé de chez lui, j'oubliai l'eau salée, la mer. J'ai habité ma première ville de fleuve, dont le courant permet à l'étranger de s'orienter. Je venais d'un Sud pauvre en eaux, le fleuve gaspillait au contraire sa quantité dans la mer et les fontaines de Rome exhibaient leur abondance.

Dans l'histoire ancienne apprise à l'école, j'aimais l'habileté hydraulique de la civilisation romaine, la sagesse de l'aqueduc sur ses arches. Dépaysé, venant d'un Sud de citernes vides, j'ai aimé la richesse en eau de la ville nouvelle. Puis, je l'ai aimée pour ses parcs, ses jardins, la permanence de la couleur verte qui chez nous pâlissait vite, séchait en jaune pendant plus de six mois. J'ouvrais grand les yeux à l'intérieur de la Villa Borghèse, qui s'étendait le long d'allées et de vallons, avec ses pins maritimes si hauts, un lac, le jardin zoologique.

Au bord d'une dépression, dite Valle Giulia, les étudiants de Rome avaient inauguré l'année politique 1968, au mois de mars, avec une longueur d'avance sur le célèbre Mai français. Dans la vallée Giulia, devant l'élégante faculté d'architecture, les étudiants n'avaient pas fui face aux charges de la police. Dans le champ libre des escaliers et des escarpements, l'hiver finissait au milieu des sirènes, des pierres en vol, des arrestations, de la fumée, du corps-à-corps entre les individus et les troupes.

Je n'étais pas encore là, pendant ce mois de mars, j'étais en train de cuver ma dernière année de lycée dans ma ville natale. Je devais y arriver peu après. Personne ne m'attendait, mais j'avais la conviction d'être attendu par la suite de cette histoire commencée avec les affrontements de mars à Valle Giulia. Cette histoire m'enrôla aussitôt parmi les siens.

À Valle Giulia, j'ai vu la plus drôle des actions politiques d'une nouvelle génération. La faculté d'architecture se dressait sur un des contreforts de la vallée. Entre les arbres, face à la Villa Borghèse, elle avait l'air d'un sanatorium de luxe, avec ses appariteurs élégants comme des infirmières en blouse.

Un matin, un troupeau arriva sur ces prairies, une centaine de moutons, guidés par un berger et son chien. Ils gravirent la pente jusqu'à la place devant l'entrée de la faculté et, avec les étudiants qui escortaient le troupeau, ils entrèrent dans le temple de l'Architecture, à écrire avec une majuscule. Le chahut, les appariteurs, les bêlements et les rimes plates des slogans stoppèrent les cours et produisirent une des plus belles assemblées de l'histoire politique d'Italie. Quelle action était-ce ? La fin de la docilité, dorénavant la classe étudiante en avait terminé avec sa condition de troupeau. Si les enseignants voulaient des moutons, ils n'avaient plus que ceux-là à leur disposition.

Le videur d'une jeunesse

On n'avait jamais entendu jusque-là une voix de fils de cuivre, au lieu de cordes vocales. Serrées dans le fourreau d'une gorge maigre, les syllabes sortaient lacérées par la friction. Elles étaient porteuses de courant. Quel genre de chanteur était celui qui n'ouvrait pas grand la bouche, pas de gorge tendue pour un vers : il crachait au contraire entre ses dents ses magnifiques couplets. « Vos fils et vos filles sont au-delà de vos ordres » : ce n'était pas un cri, c'était un crachat sur les pieds des hiérarchies, un graillon contre l'arbre de transmission de pouvoir et de soumission d'une génération à l'autre.

Pauvres parents : ils venaient d'une guerre à laquelle ils avaient réchappé, d'une éducation patriarcale, et maintenant que c'était leur tour de donner un ordre, des ordres, ils se retrouvaient avec une révolte de fils qui les envoyaient promener. La révolte n'était pas seulement politique : il n'était pas seulement question du funeste et détestable Viêt Nam où était anéanti pour rien un pourcentage énorme de la jeunesse américaine, prise et envoyée crever et s'aigrir dans les marécages du Mékong.

Le sifflement général que Dylan soufflait dans son harmonica, comme un chef de gare sur le quai, n'était pas seulement politique. Pas seulement politique : parce qu'il réfutait les pouvoirs, les adultes et leur droit. Il sabotait leur monde, de la façon de faire l'amour à celle de jouir d'une victoire olympique, en montrant le poing fermé des Panthères Noires, tandis que résonnait l'hymne national, Mexico, remise du prix du 200 mètres, Smith et Carlos, octobre 1968. Le troisième du podium, Peter Norman, un Blanc, portait un badge de solidarité avec les deux premiers.

Dylan sifflait le départ d'un train, en appelant dehors une génération vaste comme elle ne l'avait jamais été auparavant à l'échelle mondiale.

Le monde était devenu un.

Une jeunesse chantait Dylan et s'affrontait à toutes les polices, de Prague à Berlin, à Paris, à Rome, aux États-Unis et en Amérique du Sud. Les mêmes couplets et des airs identiques : être du même âge, avoir une même musique à jouer dans la rue ou dans un pré, donnaient des frissons. Aujourd'hui, le monde est un marché unique, à cette époque-là c'était une seule jeunesse.

Mais lui, Dylan, ne pouvait se contenter de la politique, de l'amour. Il chantait et il passait son chemin. Il ne voulait pas, n'a jamais voulu être le guide de personne : il voulait la liberté de se perdre.

À ceux qui lui demandaient de continuer à siffler pour le train, il tournait le dos en chantant la plus impudente déclaration d'amour à un dealer, *Mr Tambourine Man.* Il a écrit dans un couplet la plus impolitique des déclarations : « Laisse-moi oublier aujourd'hui jusqu'à demain. »

À ceux qui lui demandaient de continuer avec la guitare et les ballades, il répondit par le rock : « Je ne suis pas celui que tu veux », disait-il dans *It Ain't Me Babe.* Ainsi, à un jeune de Naples, accroupi sur lui-même dans l'endroit le moins propice aux isolements, arrivait la voix de quelqu'un qui s'était mis en route en fermant dans son dos la porte de chez lui.

Le fait de lire Kerouac était déjà une incitation à déserter la parade sociale de tous les jours, à s'en aller au diable en brûlant convocations militaires, bulletins de vote, règlements, horaires d'entrée et de sortie. Il y avait une liberté infinie là-dehors, le hasard d'une fraternité d'égaux, qui mettaient en commun les trois sous dont ils avaient besoin au quotidien. Là-dehors, la liberté était effrayante, mais lire Kerouac ne suffisait pas encore.

Il fallait la musique, les couplets de Dylan chantés par une même jeunesse à travers le monde, pour donner la poussée décisive. Là-dehors, il n'y avait pas seulement la liberté horizontale des espaces de Kerouac, les trains de marchandises pris au vol, la compagnie d'un autre vagabond dans le bivouac. Il y avait une génération là-dehors, c'était la mienne, une idée qui ne m'était pas venue avant d'appartenir à un temps décisif des jeunes de mon âge. Ils se déplaçaient en chœur et en signe d'affranchissement ils lâchaient tout, maison, famille, travail, avenir préparé. Ce n'était pas l'été et ils n'allaient pas en vacances. Ils allaient occuper le monde, pour y vivre dedans ensemble, en prison aussi ensemble.

Kerouac ne pouvait pas suffire. Les livres peuvent anticiper le temps, sentir le vent de loin, mais ils ne déchaînent pas le reste du corps. Pour cela, il faut la musique, les chansons, qui font se lever d'un bond, sortir dans la rue, ne pas sentir le froid, oublier de manger, crier ce qui est juste sans le demander à quiconque, le crier parce que tel est le terrain et que ceux qui sont à l'extérieur sont morts.

Il fallait Dylan pour me pousser hors de chez moi au bas de l'escalier, pour me détacher de toute provenance et pour m'inscrire sur le livre ouvert à tous ceux de ma génération.

Puis, chacun de son côté, à lui les concerts et à nous d'autres assemblées. « Nous », le pronom politique le plus noir de monde, a concentré les raisons personnelles les plus variées, les plus individuelles, et en chacune il y avait une décharge électrique partie de lui. Dylan, Robert Zimmerman, nom juif d'Europe, descendant de migrateurs comme tant d'entre nous. Il a été le videur d'une jeunesse.

Le monde était un chapelet de fascismes, et ils s'inventaient là où ils n'existaient pas, en Grèce, en Amérique latine. C'est à lui, qui n'a jamais exécuté un pas de danse, qu'il revint de déclencher la tarentule politique la plus effrénée d'une génération monde.

Chanteur ? Ce titre professionnel peut lui suffire, mais ses pages sont sur l'étagère des poètes, par ordre alphabétique entre l'Anglais John Donne et le Russe Sergueï Essenine.

La découverte du prénom

Dans les Saintes Écritures, les prénoms des fils viennent des mères. C'est d'elles que découle aussi leur appartenance : sont juifs seulement ceux qui sont nés de mère juive. Ève inaugure les prénoms de Caïn et d'Abel.

Adam est moins qu'un prénom, c'est le reste du mot *adamà*, « sol » : c'est Adàm à la suite de la chute de la lettre/voyelle typique du féminin hébraïque. Le masculin est un genre défectif du féminin.

Les noms de l'Écriture sainte sont des sigles, des prévisions, des vœux. Dans la très grande majorité des cas ce sont de nouvelles créations, naissance après naissance : il n'y a pas deux Moïse, deux Abraham, deux David. Le prénom reste à l'ombre de la vie, ils ne le prenaient pas des morts, même s'ils étaient importants.

Chez nous, le système des prénoms se sert des précédents familiaux ou bien du calendrier.

Actuellement, on s'inspire des journaux, des acteurs, des actrices et de diverses célébrités.

Je porte un prénom implanté dans ma famille napolitaine par une grand-mère américaine, partie du port de New York et débarquée à Naples sur le môle Beverello au début du siècle dernier, après un voyage commencé à Birmingham, Alabama.

Harry était le prénom de son père, elle le passa à son fils, mon oncle. Quand j'étais petit, le *h* et le *y* de cet héritage m'encombraient beaucoup. Ce prénom étranger me dénonçait continuellement, sans que je lui sois lié par aucun attachement. Pendant longtemps, j'ai eu du mal à porter le prénom d'un autre. J'écris des histoires avec une voix narrative privée de ce détail d'état civil, allégée d'identité.

Je lis une phrase de Kierkegaard : « Il ne me vient jamais à l'esprit, en vérité, de tracer mon prénom sur la vitre d'une fenêtre ni de le graver sur la table d'une gargote ou sur un arbre ou un banc du parc Frederiksberg. »

Je la recopie avec plaisir car moi non plus je n'ai jamais eu envie de répandre des signatures, des initiales, des traces d'un passage chiffré. Moi, je ne suis pas mon prénom, je suis quelqu'un qui le porte, qui s'appelle comme ça par désir et facilité d'autres personnes.

Un jour, j'ai trouvé un billet qui m'était adressé, accroché à ma porte : *pour Erri.*

Je vis pour la première fois mon prénom écrit de la façon dont il se prononce.

Ce fut un baptême, le deuxième, à sec cette fois-ci. Tel était mon prénom, je me servirais de ce format. Ce prénom, Erri, me détachait de celui d'avant. Il déclinait une autre identité, pour des temps expéditifs, un demi-surnom de bataille. À l'époque, un grand nombre d'entre nous étaient connus par différents sobriquets et, aujourd'hui encore, je ne connais pas l'identité de bien de ceux avec qui j'ai partagé beaucoup. C'était un bon usage, outre la marque d'appartenance à une communauté qui prétendait réécrire le vocabulaire en donnant aux personnes et aux choses un autre nom, par volonté de transformation.

Chaque nouvelle personne admise dans un monastère dépose son prénom précédent sur le seuil pour en prendre un autre. Moi, j'ai trouvé le mien à une époque de simplifications. Ce n'est pas mon drapeau ni ma couverture, mais l'ombre qui s'est collée sur moi depuis que j'ai exposé ma vie à la friction du vingtième siècle.

Qui porte qui ?

Le premier s'appelait *Les Trois Mousquetaires*, pas lu, mais écouté par la voix de ma mère pendant les fièvres de la scarlatine. Trois ou quatre mousquetaires se battaient en moi contre l'injustice, qui coïncidait avec la maladie.

Il est évident que depuis lors les livres se mélangent à la vie, qu'ils signent des jumelages d'occasion. Ils se versent dans l'entonnoir des yeux et se dispersent dans l'environnement de chacun. À la fin de chaque lecture, le lecteur a empesté de soi l'écrivain et l'écriture lue. Thomas Mann et sa *Montagne magique* auront pour moi la faible lumière et l'odeur de froid de l'autobus de Turin qui me conduisait à l'usine et me ramenait huit heures après.

Le lecteur entraîne auteur et histoire dans son mauvais temps ou en vacances, il le fait asseoir près de lui, et tout en lisant, il remanie également.

Recevoir d'un livre est une action aussi active que celle de l'écrire.

En tant que lecteur, je sais que c'est à moi d'apporter les dernières finitions à ce que je lis, en l'associant à mon existence. Le livre pour moi n'est pas une œuvre achevée, mais un produit semi-fini. Et pour le finir, le temps de loisir d'un lecteur lui est nécessaire. Le rapport entre eux répond à la question : qui porte qui ? La réponse doit être que le livre porte le lecteur. Dans l'autobus de retour, entre les hommes debout après huit heures passées debout, le livre devait me faire oublier le poids du corps et du temps de travail.

Il soutenait aussi la main qui le tenait ouvert au milieu des secousses du voyage. Béni sois-tu, livre, qui mènes mes os au terminus. Par chance, je descends au dernier arrêt, j'aurais manqué un arrêt intermédiaire.

Mais si le livre se hasarde à me demander de le porter, d'ajouter ses misérables grammes aux quintaux de la journée, alors va-t'en au diable, livre, je ne suis pas ton porteur. Tel a été et reste l'échange inégal entre la matière écrite et son lecteur.

J'ai vu un de mes livres dans les mains d'une femme. Elle était assise dans une voiture du métro, ses doigts serraient les pages pour les maintenir immobiles, ils les tournaient délicatement.

J'ai appris que les livres ont un sort meilleur que celui qui les écrit. Ils sont serrés dans les bras, emportés en voyage, sur une île du Sud ou dans une tente en montagne, fixés avec intensité par deux yeux qui feraient aussitôt baisser les miens. Les livres vivent mieux que ceux qui les font.

Je bénis la chance d'écrire des histoires et non pas des articles pour les journaux, car à côté de la femme était assis un homme avec un quotidien. Il en tournait les pages avec des gestes brusques, le lisait avec mauvaise humeur, puis il l'a replié et l'a fourré dans sa poche. Avant le soir, il le jettera dans une poubelle, au pilon.

Mes pages, elles, ont de la chance dans les mains de la femme assise. J'ai eu aussitôt envie d'en écrire une pour l'ajouter à la fin de son livre.

Les mots que j'ai écrits ne sont plus à moi, ils sont devenus les siens. Elle les a voulus, en piochant justement ceux-là dans le grand bazar des livres. Elle les a payés avec de l'argent prélevé sur d'autres dépenses, en se passant par exemple d'une bouteille de vin, d'une séance de cinéma ou d'un concert. Ils ont pour elle la valeur ajoutée d'avoir remplacé des choses plus agréables qu'un livre. Et maintenant, ils sont là : sur ses genoux, feuilletés par la douceur d'une caresse, ses cheveux tombant en cascade.

Prises et tenues ainsi, ces pages sont plus à elle maintenant que lorsqu'elles étaient miennes auparavant.

Bistrots

C'était un blanc des Castelli, c'était un barbera, c'était le vin des pauvres, avant que le prix augmente lui aussi à force d'embellissement d'étiquettes. Dans les bistrots d'autrefois, il ne coûtait pas cher, toute la richesse consistait à pouvoir se le permettre, à le jouer aux cartes avec la dernière lucidité restée au bout de sa journée et de son verre.

Une fois debout, il fallait l'appui d'un bras et d'une épaule pour rentrer chez soi. Les jambes refusaient de déplacer toute cette science de *scopone, tressette, briscola*[1] et tarots, îles de terre ferme dans un crâne inondé de vin.

Ainsi passaient les soirées en commun des vieux, des ouvriers, des artisans, encore avec leurs vêtements de travail en fin de journée, avec la sciure, la poussière de marbre ou de

1. Jeux de cartes italiens.

limaille de fer sur leurs cheveux clairsemés déjà salés par les années. Ils se rencontraient autour des tables avec les retraités qui payaient leur addition une fois par mois, quand ils touchaient leur pension. Des voleurs fauchés, qui buvaient à crédit et payaient lorsqu'un mauvais coup tournait bien, venaient s'asseoir avec eux.

Ils offraient alors à boire à tout le monde et même à manger à des meurt-de-faim comme nous autres jeunes, qui nous débrouillions avec le restaurant universitaire depuis que ces travailleurs avaient imposé le retrait des contrôles d'entrée. Ils avaient obtenu par des moyens expéditifs qu'on donne à manger aussi à ceux qui n'étaient pas étudiants. Ce n'étaient pas des missionnaires, c'était le temps d'alors qui faisait qu'on était comme ça : il y avait les bistrots et les luttes sociales les plus bizarres et les plus assorties.

Parfois, le voleur était longtemps absent, mais il ne tenait pas à faire savoir où il était allé, il suffisait de dire en voyage. À côté de ces hommes, nous étions très bruyants, nous autres jeunes exaltés de ces années-là que, pour employer un terme de cuisine, on pourrait qualifier d'années sautées à la poêle. Une huile d'impatience et de contraste frisait sous nos pieds. C'étaient les années soixante-dix du vingtième siècle : j'ajoute le siècle non pas pour la postérité, mais par affection et par effet d'inscription à un temps.

Sans l'appartenance à aucun parti, qui aurait pu être un parent même lointain, pour tous ces appareils nous étions des extrémistes, des provocateurs. Nous nous passions d'eux, nous faisions par nous-mêmes et nous appelions politique cette pratique qui démontre sa totale extranéité à la société constituée. Nous étions la société substituée, dédaigneuse des pouvoirs, contente de les entraver en faisant notre bruit de foule dans la rue, incitant à de plus simples prétentions, une maison, une table, un samedi, une égalité de salaire.

Nous tapions le sol de nos pieds pesants, nous voyagions à vue sans calcul de cap, certains seulement d'être là. Nous n'avions pas encore de locaux ni de téléphone. La ronéo pour les tracts était actionnée à la manivelle sur une table du bistrot, parallèle à celle des cartes, des vieux. Nous avions des discussions, des rendez-vous, nous écrivions sur des pancartes, des banderoles, des affiches, entre leurs pieds, par terre. Il n'existait pas d'autre politique plus au ras du sol.

Parfois, les vieux se mêlaient à nous, ils participaient à la conversation, interrompaient leur partie, reportant la revanche : pourquoi n'étions-nous pas dans la section d'un parti ?

Dommage, mais nous étions comme ça, sans désir de nous ajouter, de nous unir. En vérité, nous étions la division pure, celle des vaisseaux sanguins qui vont à la périphérie à force de bifurcations successives, atteignant les derniers tissus.

Nous apportions notre contagion en dehors des lieux opportuns, nous ébranlions patiences et évidences. Quelle preuve donnions-nous d'être dans le vrai ? Aucune, à part le grand nombre des nôtres déjà entassés dans les prisons pour des délits contre l'ordre public, non pas contre le patrimoine. La prison, l'armée, le supporter au stade et même le concert de musique commençaient à être gagnés par nos fièvres.

Dans ces bistrots, entre les anciens et nous, se formait le meilleur des parlements. Le patron n'était pas le président, mais il donnait volontiers tort et raison, vin, saucisson et olives pour quelques lires, et il était content de ce mélange d'âges, de volontés, content aussi qu'à l'heure de la fermeture certains d'entre nous prennent par le bras un de ces vieux qui s'était endormi sur son coude et le conduisent chez lui, mettent sa clé dans la serrure et lui disent bonne nuit *don, sor, monsù*[1].

On fermait quand il n'y avait plus personne, quand les tracts étaient imprimés et que les affiches sortaient avec le seau de colle pour le tour du quartier. Quand les parties de cartes étaient finies. Et quand l'un des vieux mourait, tous derrière le corbillard parce que nous étions sa famille. Et le soir, nous parlions de lui comme s'il avait été élu président.

Le bistrot de Rome, le mien, se trouvait à San Lorenzo.

Sor Alberto en était le gérant. Il affublait chacun de nous d'un surnom, moi j'étais la Fouine parce que je mangeais toujours du poulet au court-bouillon. Pour le vin, je me servais tout seul, il ne me le comptait pas. À la table sous la fenêtre, il y avait *sor* Altero le marbrier, un vieil homme gigantesque taillé dans le blanc cipolin par Michel-Ange en personne, à côté de lui disparaissait Eugenio, menuisier fluet au sourire édenté qui dormait dans son atelier et se nourrissait moins que son chien, Sbarella, un amal-

1. *Sor* : abréviation de *signore*, « monsieur », en Italie méridionale. *Monsù* : adaptation du français « monsieur », en piémontais.

game de races qui poursuivait sa queue dans le sens des aiguilles d'une montre.

À l'époque, au bistrot, il y avait des chiens, des chats, des canaris, des perroquets, créatures bien élevées qui savaient se tenir dans un local public. Des vieilles femmes venaient s'asseoir l'après-midi pour bavarder, donner un coup de main à *sora* Maria pour écosser des petits pois ou des haricots. *Sora* Maria faisait la cuisine seule pour toute la clientèle, elle préparait deux œufs au plat dans une petite poêle qui revenait si bien nettoyée par le pain qu'il était inutile de la laver. La poêle avait été déjà la patrie de mille œufs, cabossée, les poignées brûlantes à tenir avec un mouchoir en papier. Des femmes seules passaient et trouvaient de la compagnie.

Et il passa même une femme déjà fiancée qui, d'une autre table, regardait juste à ma place et qui reporta ses noces et m'enseigna l'amour.

J'aimais les bistrots parce que je n'avais pas de famille et que, tandis que je jouais mon rôle dans la marmite des années soixante-dix, j'y trouvais toujours une lumière allumée. Puis, j'ai aimé les bistrots, une fois passée la politique des exaltés, dans les années quatre-vingt, quand je faisais des métiers d'ouvrier. Le soir, dans ces endroits, il y avait un reste de fraternité qui tournait mal, qui s'effritait.

Dans la *piola*[1] de Turin, on se moquait de moi à cause de mes mains bourrées d'éclats de fer, parce qu'à l'usine je ne mettais pas souvent de gants, je venais de la maçonnerie et je préférais les mains libres plutôt qu'encapuchonnées dans ces entraves trempées d'huile.

Puis, ils ont fermé petit à petit, ces bars, *piole, trani*[2], tables, avec leurs noms de refuges pour ceux qui venaient se réchauffer l'hiver, échanger deux mots, paroisses désacralisées, contre les solitudes, les pauvretés qui pèsent quand on est vieux.

Les bistrots fermaient parce que les patrons mouraient et que leurs fils n'avaient pas envie et vendaient, ou si au contraire ils restaient, ils changeaient alors le local en brasserie, en pub. Maintenant, ce sont des lieux de visages croisés pendant quelques semaines, puis qui disparaissent, ce sont en fait des buffets de gare, personne ne se connaît.

J'ai aimé les bistrots, patrons, clients, patronnes qui m'ont nourri quand j'étais fauché et qui ont chassé ma tristesse quand j'en avais.

Ils m'ont laissé dehors, ils sont partis, avec

1. Bistrot typique piémontais où l'on mangeait à bon marché.
2. Modestes bars à vin à Milan.

leurs quarts de vin, les poulets au court-bouillon, les œufs sur le plat, les soupes allongées avec du vin, avec le pain trempé, les nouvelles des clients et pas des actualités télévisées, les histoires de guerre et de prison des vieux, des bombes sur San Lorenzo en juillet 1943 qui tuaient les vivants et ressuscitaient les morts en explosant dans le cimetière du Verano, et nos histoires à nous, de nos affrontements de rue, et les nappes en papier sur lesquelles nous écrivions cent signatures pour les envoyer dans une enveloppe au camarade en prison, avec les saluts de tous les présents le soir au bistrot et quelques taches de vin en plus.

J'ai bien souvent aidé à baisser ces rideaux de fer. Les derniers, on voit bien que je les ai tirés avec trop de force.

Je suis pathétique, je le sais, c'est la faute des bistrots où chacun de nous a posé un jour son coude et s'est apitoyé sur son sort en riant jusqu'à la convulsion des abdominaux, à l'eau de vaisselle des larmes.

À pied

Il est agréable d'entrer à pied dans une ville inconnue, d'aller au rythme des pas au milieu des habitants, devant leurs maisons. Déboucher son nez pour flairer le lieu, entendre les mots d'une langue étrangère, boire à une fontaine l'eau qui est différente en chaque endroit de la terre. Sur la peau se dépose le mélange de vapeurs, de cuissons, de sueurs, de linge étendu.

Il est normal d'entrer à pied dans une ville inconnue. Il n'est pas agréable de le faire en passant par un tunnel, creusé pour ne pas se faire tirer dessus par l'artillerie. Je me rappelle qu'il avait environ un kilomètre de long, on se tenait courbés, en file indienne, à la lumière d'une lampe frontale. On entrait à Sarajevo comme dans une mine pendant les années de son siège, le plus long du vingtième siècle.

Les volontaires venus d'Italie, après les virages du mont Igman, chargeaient leur dos de sacs de provisions et de médicaments. Nous étions des contrebandiers de paix. Là où la guerre est loi, les actes de paix sont clandestins, des actes de bandits. C'est agréable de sortir hors d'un tunnel par une nuit d'hiver, de lever les yeux et de trouver l'archipel des étoiles tout éclairé. Il n'était pas agréable de surgir dans Sarajevo, toute noire à cause de la coupure du courant électrique.

Les étoiles étaient les mêmes, mais déboucher au-dessous c'était se fourrer dans un piège. Izet Sarajlić, poète de la ville, disait : « Bienvenue dans la plus grande prison d'Europe. » Les étoiles au-dessus de Sarajevo étaient des chiens de garde.

Aujourd'hui, je sais que le voyage est un mot noble et se réfère seulement à ceux qui le font à pied. Nos billets d'aller-retour vers des lieux plus ou moins éloignés doivent être appelés des déplacements. Le voyage est un chemin sans billetterie ni date de retour. Les migrateurs voyagent, eux qui traversent à pied l'Afrique et l'Asie, pour enlever leur bagage de leur dos face à la Méditerranée.

Le voyage est la montée annuelle vers Jérusalem pour la Pâque juive, en prononçant le long de la pente les quinze psaumes dits des montées.

Jésus/Yeshu se déplaçait à pied. Il ne monta sur une ânesse, noble monture, que pour se livrer à la dernière station. Sa solitude dans Jérusalem bondée pour la Pâque fut totale : aucun des siens ne se manifesta pour rester à ses côtés. Personne ne fit le pas en avant qui interrompt le silence des rangs. Le tout petit chemin formé par ce pas en avant contenait le risque de lui être fidèle. Le pas en avant raté d'un d'entre eux fut le pas en arrière de tous.

Le pas de Judas fut en revanche un pas de côté, se détachant de la loyauté.

De mes visites à Ovidio Bompressi en prison, je me souviens de ses pieds qui exploraient à l'infini les centimètres du couloir de la cour. Ses yeux étaient baissés pour leur indiquer une issue. Dans les pieds qui ne peuvent pas emporter se concentre la tristesse d'un corps emprisonné.

« Va, va-t'en » sont les premiers mots adressés par la divinité qui font irruption dans l'écoute d'Abraham. « Va, va-t'en », c'est l'ordre de se déraciner et de devenir nomade sous la trace indiquée par le ciel. Les pieds d'Abraham obéirent aussitôt : « *Vaièlekh* », et il partit.

Comment se fait-il qu'une divinité nomade, qui avait pour sanctuaire une tente et voyageait en bédouine à travers les déserts, ait fini enfermée dans des églises, des mosquées, des synagogues, dans les clôtures des religions ? Là où cesse le chemin, sa sainte dérive, commencent les remparts. La dure leçon des Temples détruits à Jérusalem n'a servi à rien. Les monothéismes se sont consacrés à la construction et à la fortification.

Le monothéisme d'Abraham le vagabond se pratiquait en plein air, il se déplaçait sur des sandales et s'accroupissait le soir autour d'un feu. Les citadins soupçonnent les Tziganes d'avoir une meilleure connaissance des voies du ciel et ils en nourrissent leur hostilité. Aucun Tzigane n'est devenu astronome, mais tous leurs enfants désignent les étoiles par leur nom. C'est d'eux que vient la musique, créée dans les bivouacs et puis enfermée dans des partitions et des salles de concert.

Une nuit d'avril 1999, en entrant dans Belgrade noire sous les attaques de l'OTAN, je descendis de la camionnette qui venait de Hongrie et j'entendis la sirène d'alarme qui hurlait contre le troupeau de loups arrivant du haut des cieux. Pendant que la défense antiaérienne commençait à fouiller la nuit de ses balles traçantes, je me suis dirigé vers le pont sur la Save. Je me suis promené de long en large entre les deux rives dans la ville déserte. L'étranger venu pour être exactement là, pour marcher la nuit dans une ville sapée dans ses fondements, ne croisa pas une voiture, pas un passant. Le sol tremblait et l'eau coulait indifférente comme une prière vers son grandiose embranchement avec le Danube.

La vie de chacun peut être décrite dans un chemin fait à pied.

Une excellente confusion

Tout le mois de décembre, nous avons dormi sur le sol des bureaux occupés.

En septembre, à la place de notre salaire nous avons reçu la promesse d'un rattrapage en octobre. Fin octobre, arriva la farce des chèques sans provision. Des chèques en bois, comme disent les Français, parce que nous étions en France. Nous avons occupé les bureaux de l'entreprise à la mi-novembre, nuit et jour, quarante ouvriers de chantier. Nous dormions avec nos manteaux, et moi, même avec mes chaussures. La lumière et le chauffage avaient été coupés de l'extérieur.

Au Nord, il fait nuit plus tôt que chez nous, et nous étions du Sud, Afrique, Portugal, Turquie, quelques Yougoslaves, visages assortis et forces de travail. Nous parlions entre nous un français bâtard, le contraire d'un chemin de Babel : nous résistions contre la dispersion.

Puis, chacun manifestait son dépaysement en parlant avec les siens dans sa langue. Je n'avais pas de compatriote, en France il n'y avait plus de maçons italiens, tous déjà montés dans l'échelle professionnelle. Dans cet automne 1982, j'étais le dernier ajouté au temps des voyages sans billet de retour. Je me taisais, mes pensées enfermées entre mes deux oreilles.

On se relayait, je passais la nuit là avec cinq autres. Complètement fauchés, nous avions quitté nos chambres en location pour dormir dans les bureaux occupés. Je me lavais par petits bouts dans les toilettes de la gare Saint-Lazare. Le jour, je traînais dans Paris.

Les mois précédents, j'avais travaillé sur des chantiers de banlieue, j'apprenais un peu de ville le dimanche. J'allais au musée du Louvre, gratuit certains jours. J'avais trente ans et je gagnais mes premiers sous étrangers, le mot « argent » faisait un bruit agréable dans ma poche. Il produisait des effets secondaires : mains en bois et dos de tambour. Entre-temps, en Italie, les milliers de la dernière génération révolutionnaire du vingtième siècle, la mienne, se consumaient dans des trahisons et des guets-apens.

Décembre 1982 : arrivé au bout de mon salaire, je parcourais à pied la ville étrangère. Unique secours : à midi une cantine syndicale pour ouvriers sur le pavé. Un repas entre hommes qui gardaient les yeux sur leur assiette, un repas par jour, le soir rien et rien le dimanche. Pour moi, c'était suffisant, pas pour ceux qui avaient famille, loyer, factures à payer. Ils rentraient le soir les mains vides. Dans la grande salle de la cantine, les hommes à la file et ceux déjà assis chuchotaient les langues du monde.

Le chef de la plus grande révolution du vingtième siècle avait dit : « La confusion est grande sous le ciel, la situation est donc excellente. » Dans cette cantine, la confusion n'était pas assez grande et la situation n'avait rien d'excellent. Ils dissimulaient leur appétit en mangeant lentement, ils faisaient durer la nourriture dans leur bouche. Ils avalaient le gratis sans gratitude.

On ne pouvait rien emporter de cette table, je pouvais tout juste glisser dans mon manteau la moitié d'un petit pain, pas plus. Ceux qui avaient de la famille étaient obligés de demander un crédit dans les magasins. Ils en avaient honte, pire que voler. Bien des vols de première nécessité viennent d'une honte. Les voleurs de pain ne savent pas demander.

Dans les pièces occupées, les colères, les plaintes, les querelles, les chansons revenaient aux langues maternelles. Aux premiers cris, aux premières empoignades, on intervenait pour séparer. On souffrait de voir notre sang gaspillé pour rien. À force de rester à l'étroit, un effet de friction entre hommes réveille un instinct qui pousse à s'entraider, mais aussi à se tailler la gorge. Entre hommes élevés dans la sueur, il n'est nul besoin d'étaler sa force. On sait qu'elle existe et il faut la laisser tranquille. Entre hommes aux abois, il n'y a rien à prouver.

Je reviens à Paris en tant qu'écrivain, invité à parler dans des librairies, à la radio. Je reçois des sourires et des apéritifs. En France, l'écrivain a le prestige du prestidigitateur.

Je repasse dans les rues parcourues alors à l'aveuglette, pour marcher et c'est tout, pour me réchauffer. Je ne retourne pas dans la rue où j'ai passé les nuits de novembre et de décembre 1982 avec les cinq autres, dormant sous une table, où il me semblait faire moins froid.

Nous, l'équipe de nuit, nous arrivions à six heures du soir. Après l'échange des saluts et des consignes nous nous réunissions dans une seule pièce autour d'une bougie allumée. Ceux qui ne savent pas peuvent se moquer de la calorie d'une bougie. Nous tendions les mains pour nous les réchauffer, comme ça, le bout de chandelle était une flamme suffisante. On mettait une petite casserole au-dessus pour réchauffer l'eau du thé. Je disais bonne nuit dans ma langue, ils répondaient dans les leurs. Les derniers mots de la journée étaient bien à nous.

Je me couchais le premier, mon bonnet sur les paupières et les oreilles, je m'endormais en quelques respirations après ma journée passée à marcher. Puis les autres s'allongeaient, chacun séparément, ni côte à côte ni parallèle à un autre. Le dernier éteignait la bougie au-dessus de nos six bagages pelotonnés.

Dans la liturgie chrétienne, le mois de décembre c'est l'Avent, le temps d'une attente établie. Nous attendions nous aussi, sans savoir quoi. J'insiste sur le nous, mais ce n'était pas un pluriel consistant, je n'ai pas retenu leurs noms. L'un d'eux pouvait s'appeler Kemal, un autre Ugur, mais il est facile de faire des suppositions avec le souvenir. L'un avait des yeux de neige dans un visage noir, un autre aiguisait interminablement un rasoir et proposait ses services de barbier, deux autres jouaient aux échecs, tous buvaient du thé, moi non, tous étaient musulmans, moi plein de non.

Ils changeaient de pièce à une heure du soir, ils penchaient le front, puis le dos vers l'orient. Ils savaient où il était, ils avaient une boussole dans leur poche au cas où la prière les surprendrait au milieu de la ville. Ils portaient dans leur tête un livre entier su par cœur.

J'écoutais leur rengaine étouffée dirigée contre un mur. Qui pouvait être là-derrière pour mériter leur confiance d'être écoutés ? J'ai compris plus tard qu'ils faisaient des gestes tout intérieurs, que la divinité n'était pas derrière le mur, mais qu'elle habitait leur corps. Repliés en *s*, agenouillés pieds nus, ils n'avaient ni froid, ni soucis, ni faim. Ils suivaient l'élan de leur voix, leurs mains se posaient sur le bord du tapis pour bénir un nom. On aurait dit des hommes qui enseignaient à un enfant.

Un jour, le plus jeune me demanda ce que je faisais là, Blanc au milieu d'eux. Un autre lui dit de ne pas poser de questions et à moi de ne pas répondre.

Ce n'était pas nécessaire, je ne disais pas de quel traquenard je sortais. Puis, un autre me demanda si je priais. Je ne priais pas. Il dit : « On est triste sans prière. » Le doute de cet homme est encore aujourd'hui sous mon épiderme. Je crois que je lui ai souri, parce qu'il m'a souri. Puis il m'interrogea sur Noël : « C'est l'acte de naissance d'un enfant malheureux, qui vient au monde chargé de problèmes. Sa mère l'a conçu hors mariage, puis elle a dû partir sur les pistes boueuses de l'hiver et accoucher dans une baraque de banlieue. Son premier miracle a été de naître quand même. »

Ils écoutaient en connaisseurs d'histoires, ils savaient de quelle nuit je parlais. « Bien sûr, il ne pouvait pas naître rue de Rivoli à Paris, dit l'un d'eux.

— Pas plus qu'à Mergellina à Naples, ajoutai-je.

— Pourquoi pas ?

— On ne l'aurait pas pris au sérieux, il fallait une nuit de chez vous, d'Afrique, d'Asie, où le ciel a son poids sur la terre.

— Dans mon pays, le ciel est un champ de bataille de cerfs-volants. »

Ils demandaient encore des précisions sur Noël. « On reste en famille, on fabrique des crèches, on habille un sapin, on échange des cadeaux. » Avec eux, je faisais la millième part du missionnaire qui raconte sa nouvelle sacrée. Pourtant, ils ne se moquaient pas de moi, comme ça arrive avec le sacré des autres qui a toujours un côté comique au début. Mais le ricanement a du bon aussi, il durcit la peau mieux que les claques.

Ils ne riaient pas : la nuit autour, l'estomac à

jeun, les voix basses au-dessus de la bougie nous unissaient. Je restais là, tandis que ma foule de révolutionnaires bivouaquait dans les sections spéciales du circuit pénal. Îles, isolements, révoltes, répressions, pratiques de torture pour extorquer d'autres noms, le sentiment d'avoir fini au fond du sac des révolutions du vingtième siècle. Je restais là, il n'y avait pas de lieu de retour. Un vers de Rilke, pêché je ne sais où, me faisait sourire : « Qui maintenant n'a pas de maison, n'en aura pas. Qui est seul, restera seul longtemps. »

Hors de notre obscurité, les lumières et les guirlandes de Noël se multipliaient. Même le boulanger décorait son comptoir où l'on achète ce pain quotidien qui ne doit manquer à personne. Je marchais toute la journée, j'entrais dans les grands magasins pour me réchauffer, sans tentation de tendre les mains, fermées dans mes poches. Je n'ai pas su demander ni prendre. Les mains me servaient à empocher un salaire et aussi à écrire sur des cahiers d'écolier.

Toute la journée du 24 aussi, j'ai marché vite et droit sans but précis. Après la cantine de midi, de nouveau dans les rues mouillées, moins encombrées de passants et de roues. La ville se retirait à la maison. Ce dégagement me rendait joyeux, mes pas rapides obtenaient un peu de désert.

J'arrivai de bonne heure aux bureaux éteints, j'avais les clés, j'entrai dans la pièce commune. Une bougie s'alluma, puis deux, puis trois.

Les cinq étaient là, assis derrière la clarté de la petite flamme. Devant eux, une table dressée, des assiettes en carton et des objets empaquetés. « *Buonno Natal*[1] », dirent-ils tous ensemble. Comment avaient-ils appris ce « *buonnonatal* » ? « Qu'est-ce que vous avez fabriqué ? »

Ils m'embrassèrent avec pudeur l'un après l'autre. Comment s'étaient-ils procuré la nourriture encore tiède ? Ne pas demander, seulement remercier, avec des sourires, pas avec des mercis. « Vous êtes les cinq d'une seule main. » Les dents de leurs grands sourires brillaient à la forte lumière des trois bougies. L'un d'eux a béni la nourriture, un demi-poulet par personne, ils attendirent que je commence. Nous l'avons mâché avec de profondes respirations, en nous servant des mains, des doigts, des ongles.

Dans ma vie, je me suis battu pour une égalité, pour une liberté, mais la fraternité ne peut se conquérir. C'est un don, elle vient à l'improviste, elle peut durer aussi le temps d'un demi-poulet. Mais elle existe, elle a existé, je l'ai

1. *Buon Natale* : « Joyeux Noël ».

goûtée. Cinq hommes de l'islam avaient préparé un dîner de Noël pour quelqu'un sans credo. Cette fois-ci, la confusion sous le ciel était assez grande et la situation était donc excellente.

La friction de la peur

Les places regorgent de statues et de monuments érigés en mémoire d'hommes courageux. Ils sont encombrants, beaucoup d'entre eux seraient volontiers descendus de leur piédestal pour vivre encore un peu.

De toutes ces œuvres, ma préférée est celle au soldat inconnu qui a dû faire face au devoir indécent d'une guerre et qui a baissé la tête par obéissance. Le courage appartient aux anonymes. Ce n'est pas celui de l'alpiniste qui affronte la paroi verticale. Là-haut, il accomplit l'exercice réjouissant d'une exposition volontaire au risque.

Je connais en revanche le courage obligatoire et quotidien de celui qui va travailler dans des conditions de sécurité incertaines, menacé des pièges les plus variés, réduits par les faits divers à des accidents, où l'on raconte la décimation de la vie ouvrière. Du fond des mines aux échafaudages des chantiers, des carrières de pierre aux traitements de substances toxiques, aux fonderies, aux presses : des minutes, des heures, des journées, des semaines, des mois, des années à se pencher sur le risque par nécessité.

Là, j'ai connu l'odeur du courage. On ne peut le recueillir dans des essences et en faire un parfum. Le courage pue la transpiration, le crachat, le sang, l'insulte et la prière, l'égout et la fureur. La peur invétérée affleure à la surface et demande de l'aide, la peur maudite et sacrosainte fait de ces heures de travail un sacrifice quotidien d'Isaac. Chaque jour ouvrable, on monte sur le mont Moriah en portant le poids du bois nécessaire pour le sacrifice. Et puis, on expose sa gorge au couteau d'une machine qui reproduit la forme d'un autel et d'un échafaud. La peur et le courage sont étroitement serrés sur les nerfs du visage, en luttant pour rentrer chez soi, après les heures de travail d'Isaac.

Je connais la peur de se mettre en route tous les jours avant l'aube, titubant sur le moyen de transport qui décharge au pied du travail, où l'on échange sa paye contre la journée au front. Je l'ai connue sur moi et sur les autres. Elle était dans les yeux de l'ouvrier algérien glissé avec moi dans une excavation profonde et mal étayée qui menaçait de s'écrouler et de nous enterrer vivants, pendant que nous creusions avec un pic et une pelle. Nous avions des sueurs froides d'angoisse, des yeux écarquillés pour essayer de voir dans l'obscurité de cette fosse étroite.

Elle se trouvait dans le regard levé au ciel de l'ouvrier yougoslave avant qu'il obéisse au contremaître lui ordonnant de trancher le câble électrique avec son pic et lui assurant qu'il n'y avait plus de courant. Et après le regard au ciel et le coup lancé par terre, l'explosion de la haute tension qui le projetait en l'air et avalait le fer de son pic.

J'ai vu le courage et je sais qu'il est bourré de peur. Je sais qu'elle doit être soumise, piétinée, les mâchoires serrées, les yeux plissés et le cœur martelant les tempes. Je sais que la peur rend impitoyable envers soi-même. Et à la fin de la journée, on se lave le visage et les mains de la poussière et de la friction de la peur, au vestiaire on rentre dans ses vêtements quittés le matin et on se sent étreint par eux. On rentre dans ses chaussures qui conduisent à la maison, on joue avec la clé dans sa poche, on s'écroule de sommeil sur le siège d'un autobus.

Ce n'est pas Stakhanov le héros du travail, ce n'est pas celui qui intensifie son rythme productif, obligeant ainsi les autres à s'aligner sur sa prestation. Mais celui qui a élevé la voix pour défendre ses camarades, rompant le rang du silence Celui qui a pris la parole en sautant l'abîme du premier pas en avant. Et qui, pour ça, a été licencié, fiché, rejeté, mettant en danger le soutien de la famille.

J'ai retrouvé ma carte syndicale dans un tiroir, inscrit à la CGT, année 1982. J'étais en France, ouvrier sur des chantiers, le propriétaire d'une entreprise ne payait pas nos salaires. Nous avons occupé les bureaux, nous avons dormi sur le sol, nous étions en décembre. Noël, jour de l'An, électricité et chauffage coupés. Quarante ouvriers de trois continents ont tout partagé. La CGT nous assurait un repas par jour, un ticket d'accès à une cantine, pas le dimanche parce qu'elle était fermée. Nous étions des naufragés sur la terre ferme. Cette carte syndicale nous donnait la dignité d'appartenir à une communauté qui n'abandonnait pas ses membres à leur malheureux destin. Cette communauté avait été créée par des personnes qui avaient payé cher, plus que nous, la lutte pour avoir des droits sur le travail.

Ces personnes venues avant ont déblayé le

chemin pour nous, tels des alpinistes qui ouvrent un passage dans la neige profonde, affrontant le risque d'être emportées par l'avalanche de la réaction. Nul ne les obligeait à s'exposer, seul un sentiment de justice qui fait parfois d'un homme une proue ouvrant la mer en deux. Car la justice n'est pas un code de lois, mais un sentiment qui réchauffe et soude les raisons et le souffle, la dignité et la colonne vertébrale.

À cette température corporelle, la peur et le courage sont des composantes de la même énergie et fabriquent l'histoire du progrès humain.

L'ange des chiens

Chaque année, la chaleur risque de me tuer. La ville se vide et nous, les chiens, nous finissons dans la rue. La première année fut la plus dure. Je ne savais que faire, j'étais perdu. J'errais dans les rues vides, rien à manger. La ville s'était éloignée, ne laissant que son odeur. Difficile de jeûner sans entraînement. Le deuxième jour déjà, je pleurais sur mon sort. J'ai attendu une autre nuit que quelqu'un vienne, rien, la maison était fermée et moi j'étais dehors. J'ai résisté, j'ai pleuré, j'ai dormi, puis j'ai regardé le ciel et j'ai vu descendre un ange, avec de grandes ailes blanches. Je l'appelle comme ça, mais je ne suis pas sûr, je l'avais déjà vu d'autres fois de loin, je ne fais pas très attention au ciel. J'ai pensé que c'était un ange parce qu'il s'était adressé à moi.

Quand une créature descend du ciel et te veut justement toi, ce doit être un ange. Il est venu au-devant de moi et m'a fait une caresse blanche de son aile. Je l'ai regardé et il m'a dit: « Suis-moi. » Sa voix était celle de l'eau de pluie, « Suis-moi », il a dû me le dire encore, parce que je ne réponds pas la première fois. Je pense que j'ai rêvé un ordre, une invitation, et j'attends donc une confirmation. Je me suis dressé sur mes pattes, j'avais la tête qui tournait. Il faisait la chaleur volcanique de ces terres jaunes du Sud, tuf et soufre. L'ange m'a conduit hors du territoire connu. Je suis paresseux, sans curiosité pour le grand monde, j'aime les habitudes. Mais je me sentais en danger. L'ange m'a ouvert les routes, il y avait partout des chiens perdus qui traînaient en quête d'une occasion. Il m'a trouvé un coin et m'a apporté à manger, j'ai demandé pourquoi il m'aidait, il a répondu que c'était sa mission. Il avait des ailes pour ça, pour attirer le regard des créatures vers le ciel. Il apprenait à s'adresser en haut quand le bas nous abandonne.

« Tu as regardé en haut, c'est pour ça que je suis descendu. Si tu avais gardé les yeux à terre, je n'aurais pas pu. Je viens seulement chez ceux qui ont besoin du ciel. »

Je ne savais pas que j'en avais besoin, mais il est vrai que j'avais levé les yeux en quête d'un nuage de pluie. Les hommes s'abritent, nous non, pour nous c'est la plus belle des caresses.

Je n'avais pas mangé de poisson avant cet été-là, j'ai découvert que c'était très bon, il me l'apportait tout frais de la mer. Il me disait que la mer aide quand la terre se ferme. Je n'avais pas pensé à la mer, au ciel, la terre me suffisait. Les anges aident à penser.

« Ange, dis-je, tu connais le monde, tu le surveilles depuis les airs, dis-moi quelle est ma faute.

— Je vois les montagnes, mais je ne distingue pas les prises, je vois la grandeur mais je ne reconnais pas les détails. Je suis en exil quand je descends sur terre, je vis au ciel. J'ai vu de loin des chiens lécher la main de l'employé de la fourrière et d'autres mordre celle de leur maître. Les torts et les mérites sont répandus pêle-mêle sur la terre. La faute d'un autre retombe sur toi et à un autre revient le mérite d'une de tes bonnes actions. Ce n'est qu'à la fin qu'on fait les comptes et qu'on répond de chaque chose.

— Même de l'abandon ? ai-je demandé.

— Oui. »

Les jours passaient, bouillants, dans la rue les marginaux s'organisaient en meutes. La nécessité rend dangereux. La police est intervenue et elle a arrêté un grand nombre d'entre nous. Je m'enfuyais en suivant par terre l'ombre des ailes devant ma course. La ville était sans protection, mais moi j'étais sous celle de l'ange.

Nous devions nous défendre de tout, un instinct trompeur nous faisait crier en pleine nuit, révélant nos cachettes. Sous la lune, la ville se transformait en bois. Je dormais au milieu des rochers de la digue foraine, le sel m'avait ôté mon odeur, je me réveillais dans la brume de l'aube, parfois désespéré, parfois heureux. Je voyais d'autres chiens mourir, incapables de se défendre, de sortir du territoire délimité par leurs urines. Le cercle des odeurs était rompu, mais ils n'osaient pas s'en écarter. Quelques jours plus tôt encore, j'étais comme eux. Ils se jetaient contre les voitures qui roulaient, ils se laissaient dévorer par la faim des autres, ils s'abandonnaient parce qu'ils avaient été abandonnés. Le mal d'amour a cette volonté. Aucun d'entre eux n'avait un ange ? « Les chiens ne regardent pas le ciel », répondit-il.

Ainsi se passa ce premier été. Après de grandes pluies, l'ange m'invita à rentrer à la maison. Je quittai la frontière où cesse la terre et où commence la miséricorde de la mer. Je revins dans le cercle des urines. On m'accueillit comme si de rien n'était. Ils étaient à leur place, comme s'ils n'avaient jamais disparu. Je ne comprends pas les hommes, ils sont là puis, soudain, ils ne sont plus là. Depuis lors, leur départ s'est répété tous les étés. La chaleur de la terre me poussait à regarder le ciel, à rencontrer l'ange, à vivre dans les rochers. Maintenant, j'ai vieilli et je n'attends pas d'autres pluies. Cette nuit, mon ange m'a demandé une faveur. « Mange-moi, fais-moi vivre en toi. Puis attends-moi sur les rochers, mes frères viendront te prendre. » Il a replié ses ailes sur mon visage et il est mort. J'ai obéi à sa volonté avec mes dents. Puis, je me suis couché dans ma tanière au milieu des rochers, et l'annonce s'est accomplie. Mon cœur a battu un coup de fruit détaché et tombé. D'en haut, les goélands, frères de l'ange, sont venus me dévorer.

On ne loue pas aux Napolitains

ON NE LOUE PAS AUX NAPOLITAINS. Je lisais cet écriteau sur la porte d'entrée de la maison de Turin où je vivais à la fin des années soixante-dix. J'étais l'hôte d'une Turinoise, un squatter admis. À cette époque, l'écriteau ne me semblait pas si hostile. Dans d'autres immeubles, on nous louait bien à nous, déracinés du Sud, mais à des prix indécents : pas même un lit individuel mais à partager avec un autre ouvrier aux heures de travail décalées, dans des mansardes qui étaient des trous à rats. Dans la maison où je vivais, là du moins, on avait décidé de ne pas exploiter le besoin de logement des émigrés du Sud. Par le terme « Napolitains », on désignait tout le Midi. Naples était un terme désobligeant pour un point cardinal.

J'avais quitté cette ville d'origine à dix-huit ans et je gardais mon dialecte, qui signait ma provenance. « D'où es-tu ? », « Je viens de Naples ». J'aurais dû dire « Je suis de Naples ». Me déclarer comme quelqu'un de Naples me semblait abusif. Parti de là, le titre d'appartenance, « être de là », ne me revenait plus. J'avais trahi cet endroit en le quittant. Ainsi, Naples était mon appellation d'origine : je venais de là.

Celui qui vient du Sud, et aussi du vingtième siècle, sait que le Sud s'en est allé dans des bateaux et des trains pour s'ancrer ailleurs. Il s'est arraché à sa maison, à ses attaches, en se levant de tables bien maigres et en se rendant à une billetterie avec un baluchon sur le dos. Celui qui vient du Sud et du vingtième siècle a connu avec précision le sens du mot « étranger ». Avant le voyage, avant l'achat d'un billet d'aller simple, il a été étranger dans sa patrie, fils par alliance, sans défense ni droit.

Les camps de concentration sont destinés à devenir des musées. Je suis allé à Ellis Island, la petite île de New York à l'embouchure de l'Hudson, où ont débarqué dix millions d'émigrants après la traversée de l'océan. Ils voyaient d'abord pointer à l'horizon la statue de la Liberté, couleur vert algue, puis tout de suite derrière venait l'île de l'inspection corporelle. Ils étaient contrôlés dans la bouche et sous les paupières. Les émigrants étaient appelés des « *aliens* ».

Je me suis trouvé sur les marches de l'escalier qui séparait de nouveau et pour toujours ceux qui étaient admis et les autres. Aujourd'hui, Ellis Island est un musée. Une section moins importante contient des panneaux consacrés au complexe pénitentiaire d'Alcatraz, sur une île de l'océan opposé, le Pacifique, dans la baie de San Francisco. Le rapprochement entre les deux départements de la détention, celui pour les émigrants et celui pour les prisonniers spéciaux, m'a étonné. Et pourtant, il existe un lien entre ces deux lieux, fermés par la mer et par des barreaux. Ces isolements servaient à cuver une quarantaine, une pénale pour des coupables, Alcatraz, une pour des innocents, Ellis Island.

Parmi les milliers de témoignages recueillis dans les archives de l'île de triage, je cite celui d'un Méridional. C'est drôle de le traduire en italien à partir de l'anglais, dans lequel il fut pensé et transcrit : « On m'avait dit qu'à New York les rues étaient pavées d'or. Quand je suis arrivé, j'ai aussitôt vu trois choses : la première, qu'il n'y avait pas d'or dans les rues ; la deuxième, qu'elles n'étaient même pas pavées ;

la troisième, que c'était moi qui devrais les paver. »

Ceux qui voyagent maintenant sans port d'arrivée, empilés dans des canots et sur des radeaux, ne sont pas attirés par des légendes brillantes, comme notre émigrant du siècle dernier. Ils savent que c'est eux qui devront fournir l'or du sacrifice et du dur labeur. Ils connaissent directement la terrible âpreté du passage, le débarquement de fortune sans vivres ni couvert et sans la miséricorde d'un sourire. Et pourtant, ils misent tout le magot de leur vie d'un seul coup de dés sur la surface du désert et de la mer. Aucun barrage, obstacle, menace ne les décourage. Ils sont invincibles par leur nombre et leur volonté. Ils viennent paver des rues, vendanger, cueillir des olives, des tomates, des pommes, gâcher la chaux, garder des bêtes dans les champs et des personnes âgées à domicile. Ils viennent vendre à bon marché leur seule denrée, pour nous précieuse et urgente : leur force de travail.

L'Écriture sainte honore l'étranger, non pour sa qualité d'ouvrier agricole, elle l'honore et c'est tout, sans idée de profit. Elle recommande de laver les pieds du pèlerin, de l'hôte inattendu. On ne doit même pas attendre qu'il frappe à la porte : Abraham se précipite au-devant de trois hommes qu'il voit de loin s'approcher de son campement, aux chênes de Mamré. L'Écriture sainte honore l'étranger parce qu'il est une semence du monde, parce qu'il fut demandé à l'espèce humaine de se multiplier et de remplir les faces de la terre. Et elle prescrit de l'aimer: « Et tu l'aimeras comme toi-même parce que vous avez été étrangers en terre d'Égypte » (Lévitique/Vaykra, 19:34). Ils furent des étrangers pendant quarante années de désert partageant la manne en parts égales, les lieux et les tentes, les pas, les haltes et une étroite alliance avec la divinité descendue sur le Sinaï.

L'espèce humaine est étrangère sur la face du monde. « Parce que mienne est la terre et étrangers et résidents vous êtes chez moi » (Lévitique/Vaykra, 25:23). Être étranger est la condition de départ, la préface sans laquelle il est facile de s'enivrer, de se croire propriétaires du sol, de l'air, de l'eau et du feu, de se répartir entre un petit nombre les parts illégales d'une copropriété mondiale.

La dernière parole

Il appartenait à un peuple et à une foi née de la parole de la divinité, qui se manifesta de vive voix. Et il dit : c'est son verbe le plus fréquent dans l'Ancien Testament.

Le condamné à mort appartenait à une tradition selon laquelle : « Tant que les mots sont dans ta bouche tu es leur maître. Quand ils sont sortis de ta bouche tu es leur esclave. » Car aucun mot prononcé ne peut être retiré.

Il n'en renia aucun et ne se défendit pas en disant qu'il avait été mal compris. Il ne se contredit pas devant le tribunal. Il appartenait à une foi qui admet le sacrifice de la vie pour l'offrir en témoignage.

Il fut condamné pour ce qu'il avait dit.

Deux coupables de crimes de droit commun, responsables donc de ce qu'ils avaient fait, montèrent avec lui sur l'échafaud.

Les bandits ont l'habitude des prisons et

envisagent l'éventualité d'une condamnation à mort. Ils ne comprennent donc pas qu'on puisse partager leur sort sans profit, seulement pour affirmer une idée, une fidélité. L'homme qui était entre eux était un intrus.

La crucifixion était un instrument de mort importé par les Romains. On n'en avait pas vu avant dans cette région, puis on n'en vit que trop. Les consuls romains punissaient ainsi les révoltes. Voici trois autres juifs soumis à la lente asphyxie des crucifiés. La position forcée des bras écartés comprime le thorax en réduisant l'activité pulmonaire.

L'homme condamné pour ses paroles fut mis au milieu avec l'inscription de roi des Juifs. Il correspondait au cauchemar d'Hérode : un enfant qui usurperait son trône allait naître. Il fit donc égorger tous les nouveau-nés de Bethléem et des environs. À présent, le fugitif le plus précoce de l'histoire mourait en retard sur l'échafaud, avec l'inscription de roi comme attendu de jugement.

La foule qui assistait à l'exécution était au courant des prodiges accomplis par le condamné. On attendait un coup de théâtre, un hop là miraculeux qui ferait à nouveau ouvrir grand les yeux. La foule les écarquille volontiers.

Beaucoup plus tard, un autre juif devint célèbre par sa capacité invraisemblable à s'extraire de situations impossibles. Il se nommait Houdini et mourut d'un accident de travail. Mais sur le Golgotha, il n'y eut pas de coup de théâtre et la foule fut déçue.

Le condamné se déclarait fils d'on ne sait qui, pourquoi son père n'intervenait-il pas ? Il se déclarait sauveur et il ne pouvait se sauver lui-même ? Le témoin comprend rarement ce qui se passe devant lui.

Le prodige était tout entier dans les paroles adressées par le condamné au ciel : pardonner aux hommes et à leurs lois. « Ils ne savent pas ce qu'ils font. » C'est ainsi, ils ne le savent jamais.

Le condamné demandait l'absolution pour ses bourreaux, incapables de comprendre leurs propres actes. Il n'existe pas de formule plus juste à propos de l'œuvre humaine : ignorante d'elle-même.

Et il dit, en copiant la divinité qui avait fondé la nouvelle foi du monothéisme. Et il dit : « Pardonne ». Il ne dit pas : « Moi, je pardonne », mais il demanda ce pardon pour eux. Le sien ne comptait pas, c'était l'autre qu'il fallait. Pour ceux qui ont la foi, le dommage commis ne se répare pas sur la terre. C'est à la divinité qu'il revient de remettre les dettes aux débiteurs. Le prodige, c'est qu'elle ne peut le faire seule, il faut la voix et la requête de l'offensé. C'est pourquoi la parole est le plus précieux outil des opprimés.

Du journal de l'aveugle

Je perdis la vue enfant. Je n'avais aucun souvenir du monde, mais de la lumière, oui. Quand je sens la chaleur sur mes paupières éteintes, je sais qu'en haut voyage l'étoile brûlante que nous appelons Shèmesh. Je suis un mendiant devant la porte de Jéricho, ma ville. Je suis né ici, près du Jourdain.

Je tends la main de la charité sur le bord du chemin qui va à Jérusalem.

J'avais déjà entendu parler de lui, les aveugles ont des oreilles qui saisissent des voix, des chuchotements, et, en se concentrant, même les pensées. Il n'était pas encore venu chez nous. J'ai su qu'il était en ville, mais je ne suis pas allé vers lui, j'ai attendu au contraire qu'il passe.

Quand j'ai entendu le tapage des gens qui l'accompagnaient, je me suis mis à crier plus fort qu'eux : « Seigneur, fils de David, aie pitié. » Il s'est approché de moi et m'a fait de l'ombre avec son corps, je n'ai plus senti le poids de la lumière sur mes paupières. Il m'a demandé, j'ai répondu, il a touché mes yeux vides de la pointe de ses doigts.

J'ai reçu dans mon corps une décharge de pierres lancées par une fronde, j'ai sauté sur mes pieds le cou tendu et l'obscurité de mes yeux s'est dégagée sous un torrent de larmes.

Ce que j'ai vu en premier, ce sont les cigognes dans le ciel de Jéricho qui passent en avril pour aller vers le nord. Un ciel rempli de cigognes : dans quelques jours ce sera Pessah, je pourrai voir les miches de pain blanc azyme déposées sur les tables quand on entonne : « *Ma nishtanà halàila hazè* » (« que cette nuit est différente »), je dirai que cette nuit-là sera la Pâque de liberté pour mes yeux qui ont passé quarante ans dans le désert et qui ont finalement traversé le Jourdain pour vivre dans la Terre promise.

Je pourrai demander une femme en mariage, avoir des enfants, regarder la mort en face. Ces pensées et cent de plus ont duré le temps de détourner les yeux du ciel. Lui s'était déjà remis en chemin.

Tout autour de moi, des compatriotes se félicitaient, l'un d'eux m'embrassait et se présentait : « Voilà, maintenant tu me vois, je suis Untel », un autre mettait sa main devant mon visage et me demandait combien il avait de doigts et moi je les lui serrais au vol et les baisais, et un autre me disait : « Bartimée, tu as fini de faire le profiteur, tu dois travailler maintenant. »

Je les ai tous embrassés, j'ai secoué la poussière de mes vêtements et je l'ai suivi.

Un aveugle ne peut suivre personne de près, mais ma gratitude m'a poussé à le faire, même s'il était plus jeune que moi. En chemin, j'ai appris qu'il montait à Jérusalem. Bien, je n'y suis jamais allé, je la verrai et je ferai la Pâque là-bas, j'accomplirai ainsi pour la première fois le précepte du pèlerinage. D'autres groupes s'étaient mis en route pour la montée annuelle. Sachant qu'il était là, ils se joignaient à nous. Notre nombre grossit et devint une foule étrange où personne ne se disputait pour un pied écrasé, pour avoir été bousculé par un âne sous sa charge, les enfants jouaient et ne se plaignaient pas de la fatigue.

Nous formions une foule joyeuse et émue, nos pas ne soulevaient pas de poussière. S'il est vrai que nous venons de là et que nous y retournerons, à ce moment-là du voyage nous étions nous-mêmes de la poussière vivante.

Nous sommes arrivés de l'est. À la lumière du premier matin, la ville de David avait des remparts couleur chair. Le vert des oliviers grouillait de moineaux.

Les couleurs m'écorchaient les yeux. Nous chantions les psaumes des montées, selon l'usage des pèlerinages.

« Nous étions comme ceux qui rêvent », récite le chant. C'était la vérité. Nous entrions dans Jérusalem comme l'armée de la joie, en colonne derrière lui, qui chevauchait une ânesse blanche.

Les gens de la ville se pressaient au-devant de nous. Les soldats de Rome, l'armée d'occupation, ne savaient que faire face à notre multitude bruyante et désarmante. Ils ouvrirent grand les portes, dégagèrent les postes de contrôle. À ce moment-là, ils n'étaient pas les ennemis qui nous avaient battus et annexés à leur empire, mais seulement des intrus. Des jours viennent où les sans-défense, les faibles, les vaincus éprouvent un bonheur qu'aucun vainqueur n'a jamais connu. Perdus, les Romains se retiraient des rues bondées, ils laissaient pour une journée la Ville sainte à ses habitants juifs. C'était une fête, mais aussi une liberté obtenue sans un seul coup.

Sur son passage, le peuple criait : « *Hoshiannà* », « viens faire notre salut ». Ils agitaient des branches coupées de palmier, de sycomore et d'olivier, si bien que la ville bruissait comme une forêt et un seul vent unissait voix et feuilles.

Il se rendit tout droit au Temple, il descendit de l'âne, avança au milieu des étals des marchands, les renversa, libéra de leurs cages les colombes que les gens achètent pour les offrir en sacrifice. Il bouleversa tout le marché qui se tient les jours de fête autour du Temple et aussi dans la cour intérieure. Ce fut un saccage, les marchands fuyaient devant lui et devant notre foule qui chantait les psaumes.

À leur place arrivaient des groupes d'aveugles, d'estropiés, de boiteux, et il les guérissait de la volée de ses doigts de fils de David, maître de la fronde. Les guéris sautaient de joie et de guérison comme des grillons, les enfants faisaient un vacarme effréné. Ce doit être comme ça, une révolution.

Les prêtres du Temple sortaient de leurs salles de prière et protestaient, lui répliquait par les vers d'un psaume. À ce moment-là, il n'était pas seulement le fils de David, mais David en personne, le roi revenu dans sa maison. S'il avait voulu, il aurait pu ébranler Jérusalem et se proclamer souverain sans répandre une goutte de sang. Les Romains auraient signé avec lui un traité de reddition honorable. Il ne voulut pas. Il ne voulut pas vaincre, il ne voulut pas ce pouvoir à portée de main. Il voulait enflammer les âmes de l'espèce humaine tout entière, même celles des générations futures. Il voulait faire de Jérusalem son buisson ardent. Il ne se souciait pas de sa vie. Il sortit de la ville au coucher du soleil, les Romains fermèrent les portes avec soulagement.

J'eus envie de pleurer en le suivant à Béthanie : l'heure de la révolution était passée. Ce soir-là, je me suis saoulé avec un grand nombre d'aveugles qu'il avait guéris. Nous avons bu dehors en nous questionnant mutuellement sur les noms des étoiles. Quand nous nous sommes réveillés, lui et les siens étaient retournés en ville. Je ne les ai pas suivis, j'ai célébré la Pâque avec les guéris en criant de toutes mes forces le chant rituel : « *Daiènu* » (« il nous suffit »). Nous avons appris qu'on l'avait arrêté et condamné à mort. Nous sommes partis en feignant d'être aveugles, avec nos cannes à la main. On l'emmenait sur une hauteur pelée, le mont du Crâne. Quand il est passé, je lui ai demandé : « Veux-tu la force de nos bras ? » Nous pouvions attaquer l'escorte, le libérer : quel coup pour l'armée de Rome, mise en déroute par des aveugles ! Il ruisselait de sang, il eut un pauvre sourire, il continua.

Hélas, homme, tu as ouvert les yeux à tant d'entre nous et personne ne pourra fermer les tiens quand tu les ouvriras tout grand et aveugles sur l'échafaud des Romains. Ils le suspendirent à la poutre les bras écartés. Je suis resté jusqu'à son dernier souffle. « Dans ta main confie mon vent », cria-t-il en citant le vers du psaume de David. Soudain, il fit nuit en plein jour, un goudron d'obscurité sur Jérusalem. Seuls, nous autres les aveugles, trouvâmes le chemin du retour sans obstacle.

Pour un guide d'escalade

Quelqu'un tient à ta vie en maintenant une corde. Quelqu'un assure la montée, surveille la descente.

Escalader est un sport, un jeu en plein air, mais avec le vide étalé au-dessous, prêt à faire valoir sa sévère loi de gravité, sans exception.

Ce vide-là est plein : de mètres escaladés, de mousquetons mis dans un œil de métal et de corde enfilée, et de désir en voie d'être exaucé.

Les doigts pensent, en touchant des renfoncements, des saillies, des fentes. Les doigts pensent au corps qui doit les suivre. Puis, les pieds ouvrent la poussée qui se stabilise sur les prises suivantes. Le corps qui grimpe est un accordéon qui s'ouvre et se ferme entre les pointes des pieds et les mains.

Une escalade est aussi une partition exécutée par un instrument à vent qui va sur un clavier aveugle avec sa musique.

J'écris ces lignes pour accompagner un guide d'escalade et j'essaie d'imaginer comment ces quelques observations pourraient s'appliquer en dehors des rochers et des surplombs. Est-ce que je me comporte comme ça aussi quand je ne grimpe pas ? Parfois, je sens le vide sous mes pieds, comme si j'avançais au bord d'un précipice. Quelque part, une personne chère me surveille, mais elle ne tient pas de corde. Je continue le long du passage exposé, j'avance instinctivement et je pense que j'ai connu des vides plus violents, avec une force d'attraction terrestre supérieure. J'étais mu par une volonté de me trouver à ces endroits-là et dans ces temps-là, un danger assumé parce que oui, et parce que le non équivalait à une désertion.

Aujourd'hui, dans un vide exposé au malheur, à l'échec, je pense que je connais bien les précipices. Même sans un équilibre de funambule, je sais de quoi traite la loi dite de gravité. Elle traite de choses graves, qui ont un poids mais ne sont pas un lest, alors qu'au contraire elles forment la substance de ma personne.

IL EST DANGEREUX DE SE PENCHER AU-DEHORS, dit l'écriteau officiel des temps modernes. Il est nécessaire de le faire.

Perte et profit

D'une poésie d'Eliot :

Phlébas le Phénicien, mort depuis quinze jours,
Oublia le ressac et le cri des mouettes
Et le profit et la perte.

En montagne, il arrive le contraire, perte et profit, réussite et défaite ne s'oublient pas et forment un couple stable au point de coïncider.

En juillet 1865, le Cervin fut escaladé par le versant suisse. Quatre de ces alpinistes périrent dans la descente. L'alpinisme débutait en liant étroitement le deuil et le succès du sommet atteint, la fête et l'enterrement. C'est pourquoi l'alpinisme est une sévère formule de la vérité, où « *the profit and loss* » d'Eliot, profit et perte, sont les deux temps de la même respiration.

Dans la récente idolâtrie des gagnants, le faux scintillement d'une victoire, vite oubliée, se fait passer pour authentique. Coupes et médailles servent justement à rappeler le court triomphe, effacé par la chronique du jour. Les défaites, qui n'ont pas besoin de métal pour rester gravées, durent bien plus longtemps.

Le long des pentes qui conduisent aux sommets gigantesques de la planète, on croise les corps gelés des alpinistes morts de tempête, d'œdème, de privations. Ils servent de signalisation à celui qui passe à côté, complétant un paragraphe de sa propre biographie. L'alpinisme est une vérité claquée au nez.

Pendant de nombreuses années, le passage clé de la voie népalaise sur l'Everest, l'Hillary Step à 8 700 mètres, passait littéralement sur le corps d'un alpiniste resté coincé dans les cordes et qui avait gelé là. Les pointes des crampons des grimpeurs se posaient sur la couche de glace de ses vêtements. Puis, la famille finança une expédition pour dégager le corps du passage, en le faisant tomber le long de l'immense paroi ouest.

Je pratique l'escalade et je sais qu'un sommet atteint exauce un désir autant qu'il l'épuise. Tandis qu'il le porte à son comble, il le vide aussi. Le profit et la perte coïncident. C'est ce qui arrive aussi avec les livres et avec tant d'autres histoires. Il reste la cendre résiduelle d'une lecture, d'un désir, engrais du suivant.

Effleurer

Tandis que je monte à quatre pattes le long des pistes qui conduisent au sommet, les lignes vers le haut se réduisent à un petit bouquet, jusqu'à converger en un seul point. Escalader une montagne, c'est atteindre le terme où le sol cesse face au ciel. Pas de grillages, de barbelés ni de clôtures pour surveiller la frontière, l'air suffit. Là-haut, je vais me heurter à l'alliance de l'oxygène et de l'azote, à l'état pur, sans ajout de fumée, vacarme, poussière.

Un sommet atteint me rappelle celui qui a servi d'amarrage au gros bateau en forme de panier de Noé. L'histoire la plus visionnaire jamais racontée : un sommet atteint en descente, la première terre émergée du Déluge.

La fin du monde a déjà été relatée dans les chapitres 6, 7, 8 du livre de la Genèse/Bereshìt. Chaque sommet atteint contient pour moi une petite partie du soulagement de cet équipage de personnes et d'animaux qui, au bout d'un an de navigation à l'aveuglette, s'arrêta enfin. Sans poupe ni proue, sans gouvernail, la route était confiée à celui qui pilotait de l'extérieur et de loin. Quand le bateau toucha de nouveau le sol, ceux qui naviguaient eurent un début de vertige. Habitués à osciller, ils s'aperçurent qu'ils avaient le mal de terre. Il m'arrive à moi aussi de sentir au creux de l'estomac le vide du sommet, qui n'est pas celui accumulé en bas, mais celui grand ouvert au-dessus. Il y a un arrêt sur n'importe quelle cime, une fermeture d'horizon où l'on est bloqué. De là, il faut inverser la marche et l'équilibre. Un sommet atteint chamboule et prépare au voyage de retour.

En descente, je me mets à penser à mon père. Tant qu'il était encore en vie, je descendais de lui. Après, a commencé l'expérience de monter de lui. Il était sous terre, sous mes pieds, moi je continuais. Où que je place mes pas, je me retrouve près de l'endroit où il a couché ses os. Où que j'aille, je foule son corps. Je monte de lui, je remonte, depuis que je vis sans lui. Je l'ai abandonné, jeune homme parti sans claquer la porte. J'ai trouvé mon lot, mon droit et mon souvenir au sein d'une jeunesse de milliers de mon âge, révolutionnaire parce que telle était la tâche assumée par le vingtième siècle. Mon père, homme doux, socialiste avant que la malhonnêteté des successeurs de Nenni ne discrédite le terme, entrevoyait son fils dans les bagarres. Désireux de comprendre, il achetait le quotidien *Lotta continua* et le conservait en le faisant relier par année. Je descendais de lui, mais je roulais loin. Depuis qu'il est mort, je sais que je suis un prolongement, que je me lève sur sa vie allongée.

Il ne s'agit pas de regrets, de revirements. Entre nous, les choses se sont passées comme elles devaient se passer, comme il arrive à des éclats lancés par un burin. Je lui dois un grand héritage de livres et de montagnes. Au milieu de ses étagères, j'ai connu le magnifique abordage des histoires dans mes yeux. De sa réticence de soldat engagé dans la Seconde Guerre mondiale, dans le corps de l'infanterie alpine, seules les montagnes se sont sauvées, sa consolation au mauvais sort, transmise dans les chants. Je monte, j'escalade, je me frotte à la surface rude et compacte, je suis sur les parois comme sur les pages, en touchant des surfaces. De ses livres, des montagnes qui ont nettoyé ses yeux et ses lunettes, j'ai reçu l'usage de l'effleurement.

Pour recopier

Je fréquente les Dolomites en bipède et en quadrupède.

En bipède, je me promène, en quadrupède, j'escalade, ajoutant les mains à mon allure. J'ai posé mes phalanges sur bien des flancs de ce calcaire pâle à la lune, rouille au couchant.

Il y a un peu moins d'un siècle, s'est déroulée là-haut la plus absurde des guerres pour la possession des sommets. Elle fut absurde et inutile : tous les destins se décidaient de toute façon dans la plaine. La défaite de Caporetto entraîna toutes les exténuantes conquêtes de montagnes.

L'été, je monte sur le mont Lagazuoi et sur le Sass di Stria en face, qui surmontent les cols Falzarego et Valparola. Le sommet du Lagazuoi était aux mains des Autrichiens, mais à mi-paroi passe une vire, un étroit sentier horizontal que l'armée italienne occupa et conserva. Les vires sont typiques des roches sédimentaires façonnées par la mer. C'est ainsi qu'eut lieu une guerre entre deux étages de la même résidence montagne.

Les Italiens tentèrent de déloger les locataires du dessus, en perçant d'en bas une longue galerie vers le haut. Non pas pour déboucher subrepticement au sommet, mais pour la bourrer d'explosif et faire sauter en l'air la garnison autrichienne. Mais celle-ci se défendit aussitôt en creusant une contre-mine en face de celle des Italiens. Cette précaution rendait beaucoup moins efficace l'explosion. Elle eut tout de même lieu, mais les Autrichiens ne subirent aucun dommage, pendant que la montagne déchargeait d'énormes blocs en aval. Cette mine fut grandiose et superflue, comme les efforts accomplis là-haut par les deux positions ennemies. Aujourd'hui, la longue chambre d'explosion forée à la verticale a été transformée en sentier aménagé. Un câble en fer court le long de la galerie rocheuse qui monte pendant des centaines de mètres dans le noir. Par endroits, une petite fenêtre utile à la chambre d'explosion éclaire le puits et offre une vue sur le vide. On avance dans la galerie à la lumière d'une lampe frontale. J'aime y aller sans lampe, avancer dans l'obscurité la plus totale avec ma respiration qui résonne dans le boyau. Le tunnel se termine par un passage en spirale. On sort à l'air libre au milieu des anciennes tranchées autrichiennes, bien gardées. Il était impossible de gagner comme de perdre une guerre là-haut.

La chambre d'explosion du Lagazuoi est destinée aujourd'hui à un autre effort inutile, celui de l'alpiniste. Mais cette fois-ci, l'adjectif « inutile » a une valeur. L'alpinisme est le beau risque joyeux, affranchi dès le départ de la partie double donner/avoir. Son escalade à la beauté est sans aucun avantage.

Un navigateur qui arrivait le premier sur une île y plantait son drapeau et l'annexait à son pays. L'alpiniste qui arrive le premier sur un sommet vierge ne gagne aucun droit de possession, et le drapeau qu'il laisse sert à tenir compagnie au vent. Angelo Dimai, guide alpin légendaire de Cortina au début du vingtième siècle, fut convoqué par le commandement italien qui venait d'occuper la ville. On lui demanda d'escalader la Tofana di Rozes pour chasser du sommet le détachement autrichien. Dimai refusa, là-haut il y avait ses amis. C'est pour ça qu'il fut arrêté.

Là-haut, il y avait ses amis : la guerre qui met des uniformes différents à des jeunesses variées peut contrôler les vallées, pas les sommets. Là-haut, il n'y avait pas d'ennemis. Les cartographes ont beau tracer des frontières le long des crêtes montagneuses, décider qu'un versant appartient à une nation et un versant à une autre, l'alpiniste qui escalade des deux côtés prouve qu'une montagne unit et ne sépare pas. Là-haut, il piétine la frontière inventée et l'efface.

Mon père, Napolitain enrôlé pendant la Seconde Guerre mondiale avec le grade de sous-officier des chasseurs alpins, rejoignit sa destination en montagne.

À peine arrivé, le lieutenant lui confia une drôle de tâche : veiller cette nuit-là la mule qui était sur le point de mettre bas. On sait que les chasseurs alpins et les mulets ont vécu ensemble. Mon père rougit, il dit « Oui, monsieur », puis il ajouta : « Je vous remercie de me faire assister au miracle. » Le lieutenant sourit et lui souhaita la bienvenue. Les mulets sont des croisements stériles.

Un chant choral de cette guerre dit : « *Sui monti della Grecia c'è la Vojussa / Col sangue degli Alpini s'è fatta rossa*[1]. » Les truites rouges et grasses étaient une conséquence de l'effusion

1. « Sur les monts de la Grèce, il y a la Vojussa / elle est devenue rouge avec le sang des Alpins. »

de sang. Les chasseurs alpins les pêchaient avec des grenades, complétant ainsi leur ration. Mon père n'arrivait pas à les manger. Si on lui en demandait la raison, il répondait qu'il avait l'habitude du poisson de mer et qu'il n'aimait pas le poisson d'eau douce.

De ce temps maudit de sa jeunesse, il a sauvé sa gratitude envers les montagnes. Il les a recherchées après la guerre, en vacances dans les Dolomites. Il perdait la vue et, d'en bas, me montrait approximativement les sommets atteints sans le poids des armes. Je les ai tous escaladés, par désir de recopier.

Blanc

Blanc est le titre donné au mont, nom de celui qui le repère de loin. Si l'on pénètre dans les glaciers, on le voit strié de crevasses noires, comme la livrée du tigre. Le granit des parois est une peau d'aubergine frite. Le son d'avalanches cadencées est la respiration amplifiée d'un vieil homme qui ronfle en plein jour et fait penser au vin qu'il avale d'un trait et décharge dans son sommeil.

Le ciel est une lame sous la meule d'un aiguiseur qui l'actionne au pied et en tire des étincelles. On est dans le Blanc et rien ne le rappelle, pas même le névé qu'on écrase et pétrit, au contraire il évoque le raisin d'une vendange lointaine les pieds nus.

Mais à la fin, sur le chemin du retour de tous les déplacements dans le massif, tu confirmes son nom : il est le Blanc, somme générale de toutes les couleurs vues et passées. Blanc est le total, au bout de la journée et des énergies. Si l'on pouvait le laisser ainsi, blanc, l'espace traversé, monter comme écrire à l'encre sympathique, si l'on pouvait refermer chaque empreinte, si l'on pouvait revenir aussi intact après la tempête. Impossible, mais il est resté un peu de blanc dans les mailles de la rétine et on voit plus clair dans les visages aimés.

Pythagore vient avant Platon, les règles du triangle précèdent celles de la démocratie. La première ascension sur le sommet du Blanc est antérieure à la Révolution française. Elle faisait partie de la même génération, de la même articulation, mais un poil plus tôt. L'esprit allemand cherchait une consistance dans les formules de la Grèce antique, le français regroupait le savoir dans l'*Encyclopédie*, le suisse se mettait à tâter les montagnes. Saussure, pas le linguiste Ferdinand de, du siècle suivant, mais Horace-Bénédict de, philosophe genevois, aux bonnes jambes, les poussa vers le haut. Là-haut se concentraient les dernières impasses des explorations. Les sommets ne sont rien d'autre, on ne va pas au-delà. En deux jours d'août de l'année 1786, l'espèce humaine sut qu'elle pouvait.

La bosse sommitale du Blanc avait été foulée.

On pouvait : voilà le verbe des désobéissances, qui pousse l'esprit de contradiction à ses limites, aux lois. Monter au sommet de la corne du continent : on pouvait bel et bien. Avant que liberté, égalité, fraternité fassent leur chemin dans les rues en détachant des têtes de corps de régnants et de subalternes, avant de devenir citoyen, le bipède pensant s'était assis sur le sommet de sa géographie.

Ulysse précédait Socrate une fois encore. À partir du mois d'août 1786, la neige ne tombe pas seulement pour neiger, pour son invention effrénée de cristaux hexagonaux, chaque flocon différent de l'autre parce que la vie a horreur des répliques et des clonages : depuis lors, la neige tombe pour effacer des empreintes, pour ôter les nôtres.

Ils allèrent là-haut à la recherche de fossiles. Dans les roches était fixé l'orient de la planète : des organismes vivants avaient imprimé leur corps sur la pierre, surface choisie aussi par la divinité pour ses lois. Les sommets contenaient des poissons, des coquillages incorporés : audessus des montagnes autrefois ce n'étaient pas des nuages qui voyageaient mais des vagues. L'histoire de la planète était écrite, il fallait seulement atteindre ses pages pour la lire. Des organismes lointains s'étaient imprimés à sec dans un minéral. Ceux qui portent au doigt une pierre enchâssée ont du mal à imaginer combien de vie animale et végétale a été enchâssée dans la roche.

La procession des hauteurs s'est mise en route un été, il y a plus de deux siècles. Des pèlerins des cimes ont exaucé leur vœu de monter. Un quotient de vies a été offert en sacrifice aux avalanches, aux éclairs, aux glaciers car l'immense, même si on peut le fouler, n'est pas un animal de cirque, ne se réduit pas à la docilité. On arrive en téléphérique sur l'aiguille du Midi, mais nous restons des puces de géants qu'une secousse peut balayer.

Je suis monté sur son granit semé de quartz avec un compagnon de cordée qui a dévissé tout seul des années plus tard.

Les nœuds sont faits pour être ensuite défaits. Le Blanc m'en a laissé un que je retrouve serré, intact, au bout de cette page.

Disparité

J'ai déjà écrit quelque part qu'il y a plus de Sud que de Nord dans le monde. La planète n'est pas divisée en deux par l'équateur, le Sud l'enjambe, remonte l'Afrique, la Méditerranée et incorpore l'Espagne, l'Italie, la Grèce. Chez nous, certains géographes étourdis se déclarent habitants du Nord. En Italie, il n'y en a pas, nous sommes le Sud du continent Europe. Il serait bien curieux de voir un Calabrais se définir du Nord parce qu'il vit au nord de la Sicile. Le Sud constitue la plus grande partie de la planète, le Nord une minorité retranchée.

Le Sud et le Nord sont à égalité dans le ciel, avec l'étoile du Petit Chariot qui marque le nord de notre hémisphère et la Croix du Sud qui fait le même service pour l'hémisphère austral. Sur la terre, on s'oriente mieux avec Orient et Occident.

Je montais sur le mont Épomée de l'île d'Ischia la nuit pour assister à la naissance du jour. Sur le sommet, se trouve une petite terrasse de tuf creusé, un endroit pour se tenir accroupi et attendre. La première clarté fendait la nuit derrière le Vésuve, puis le soleil dépassait la bosse du volcan et éclairait la mer.

Depuis lors, j'ai l'impression qu'une énergie naissante se dégage avec plus de force qu'au couchant. Je m'explique cet effet par l'effort d'ascension du soleil au milieu du ciel. En descente, en revanche, l'effet est celui d'une énergie épuisée, en chute libre. Mon ami alpiniste Romano Benet a l'habitude de dire que même les pierres savent aller en descente.

Le nom « Orient » a aussi plus de charme, celui d'une chose qui se lève, selon la langue latine, tandis qu'« Occident » est le nom d'une chose qui tombe.

Après ces aubes joyeuses, j'en ai connu d'autres obligatoires. À l'usine, pendant mon temps de travail qui commençait à six heures, on était sous la lumière blanche des néons. De la plateforme de fabrication, je levais les yeux vers les grandes fenêtres pour saluer le jour. L'aube sur les vitres était une teinte pâle, brouillée, un néon au milieu des autres. Ce n'était pas la lumière du jour, c'était la lumière du temps de travail.

De ces années-là, il me reste l'horaire, le réveil avant le jour. L'aube s'est incorporée en moi. Quand j'étais du deuxième poste, de 14 à 22 heures, je ne levais pas les paupières pour prendre congé du jour. Je m'apercevais tard que le coucher du soleil était passé. J'étais moi aussi un morceau pris dans l'étau avec le bloc de fonte à poncer. À la fin du travail, je sortais dans l'obscurité sans hâter le pas, dépassé par les autres ouvriers. Ils gagnaient des secondes après les huit heures enfermés. Je n'avais pas où courir, la sortie de l'usine était déjà une arrivée.

L'obscurité couvait la ville, les maisons étaient des œufs prêts à éclore le matin.

L'heure me faisait devenir errant, mon dos endolori dénouait mes jointures en marchant. J'habitais près de la gare, où les corps qui s'offraient attendaient la sortie du deuxième poste. Sur le trottoir, les vêtements moulants, colorés, faisaient l'effet d'une allée fleurie, à ne pas piétiner. Les frôler me faisait du bien. Tel était le Sud dans la ville subalpine, propriété privée d'une industrie de véhicules. C'était le Sud qui la faisait tourner la nuit aussi.

Aujourd'hui, je m'assieds près d'un coucher de soleil et je ressens le même effet que sur l'Épomée, l'Occident serait une retombée de l'Orient.

Je reconnais ainsi une disparité de poids entre les points cardinaux.

J'ignore son nom

Je ne sais pas à quelle espèce elle appartenait. Je connais et je reconnais différents noms d'arbres et de plantes, mais pas celle-là. Pour vivre et mourir, les noms leur sont inutiles, ils servent en fait à notre sage manie d'établir des listes.

Cette plante reste unique dans mon souvenir, je n'en ai pas rencontré une deuxième. Elle se trouvait dans le pot placé à l'intérieur de la dernière chambre de mon père. En forme de petit arbre, elle avait un tronc clair et des feuilles longues, lancéolées vert foncé, de fond marin.

Elle avait déménagé de plusieurs appartements : de la baie vitrée d'un quatrième étage, qui donnait sur le golfe de Naples, d'un appartement de Rome au premier étage, enfin elle s'était rapprochée du sol, au rez-de-chaussée d'une maison de campagne.

La lumière entrait tôt par la fenêtre à l'est

dans la pièce des livres où nous avions installé le lit de mon père. Il avait du mal à vivre et à mourir, la morphine ne suffisait pas à couvrir toutes les heures.

Ces mois-là, la plante commença à grimper. Haute de deux mètres déjà, elle arriva au plafond, étala ses branches. Je m'étonnais, mon père non, il était presque aveugle et il ne la distinguait pas entre les étagères des livres.

Sa dernière chambre fut la bibliothèque. Une grande partie de ce papier venait de celle où j'avais grandi.

Je m'asseyais près de la plante durant les nuits de veille. Elle grandissait en contrepoids de l'homme qui finissait. Je l'aimais un peu par consolation, un peu moins parce qu'elle se nourrissait d'agonie. Je lui donnais de l'eau, comme à mon père en changeant les flacons de la perf. Il ne sentait plus les escarres, ayant perdu le contact avec la moitié de son corps. J'essuyais les blessures, je nettoyais les feuilles. Nous parlions, pas de choses tristes. Nous cherchions des souvenirs de fous rires, il en venait de nouveaux.

Dans l'obscurité, la plante absorbait l'anhydride carbonique de la douleur et délivrait de l'oxygène. Ou bien étaient-ce nos voix qui le faisaient.

Il mourut en novembre à cinq heures du jour encore à poindre. J'étais avec lui dans le noir, il dit une dernière syllabe, seulement de voyelles. Je mis un miroir devant sa bouche pour voir s'il s'embuait. Mais ce sont mes yeux qui s'embuèrent. La plante était au maximum de sa splendeur, courbée sous le plafond.

La chambre sans le lit et les instruments d'assistance redevint bibliothèque. Les mois suivants, la plante commença à perdre des feuilles. Le matin, je les trouvais éparses, elles n'étaient pas jaunes mais fragilisées à l'attache, par manque de prise. Je lui donnai de l'engrais et du marc de café. Le printemps arriva, je la mettais dehors dans la journée.

En moins d'un an, elle devint un arbuste sec. L'hiver, elle brûla dans la cheminée, sa cendre fut portée au pied des autres plantes.

Aujourd'hui encore, j'ignore son nom. Je n'y pense plus depuis bien longtemps. Récemment, j'ai cherché l'explication de sa fin. Mon père, l'insomnie, l'odeur des escarres, un fils qui bavardait beaucoup à voix basse : c'étaient les substances dont elle se nourrissait, plus que de celles qu'elle prenait dans le pot. Sans lui, elle se trouva dans une famine de voix, de plaintes, de sourires. À force de vivre au milieu des livres, elle était devenue un arbuste littéraire. À force de vivre avec nous, elle était devenue une personne.

Je ne pouvais pas lui suffire, je me l'explique maintenant. Il en a été ainsi avec elle, avec mes parents et avec les rares créatures fréquentées dans les pièces qui portent le signe de leur ombre.

Un exemplaire du livre

Le titre au-dessus et les pages tournées vers le fond, un exemplaire du livre appelé Coran flottait sur la mer. Quelqu'un l'avait apporté avec lui dans son petit bagage, un résumé de l'indispensable. Des gens étranges se lancent dans ces voyages avec un livre. Le voilà laissé aux vagues avec la vie. Les livres flottent, les hommes non. On voit bien que les livres ne sont pas des bouées de sauvetage.

Le pêcheur avait tiré à bord dans son filet deux chaussures différentes, un seau en plastique, un entonnoir, le livre. Ceux qui vont en mer pêchent de tels poissons. Le reste de la pêche se composait d'une rascasse, de rougets, d'une étoile de mer. Le pêcheur suspendit le livre à un fil avec une pince à linge, il le traita comme un vêtement. C'est à cela qu'il sert quand il enveloppe un homme en prière. C'est ce qui arrive aussi avec la musique.

Sur la terre ferme, le pêcheur se rendit avec le livre au magasin qui servait de mosquée, près du port. « Il doit être à vous. Je l'ai pêché en mer », dit-il à un homme qui accueillit des deux mains le livre épaissi de sel de mer. « Oui, il est à nous, c'est le Coran », et il le baisa. En échange, il offrit du thé. Les deux hommes se connaissaient, depuis qu'un jour ils s'étaient embarqués tous les deux sur un chalutier atlantique. Dans la pièce-mosquée, les deux hommes pieds nus buvaient leur thé.

« Pour nous, ce livre est tous les livres. Tu as sauvé une bibliothèque.

— Je n'ai rien sauvé si je n'ai pas hissé à bord celui qui l'a perdu.

— Un jour, tu sauveras celui qui l'a perdu. »

Le pêcheur réfléchit, but une gorgée et fit oui de la tête.

Dehors, le vent du nord-ouest faisait claquer la lessive et les enseignes, rouler une boîte de conserve poursuivie par un chien.

Quelque chose d'antique se passait à cet endroit-là avec la précision de la prophétie, en même temps que la patience de l'attendre chaque jour de travail en mer.

GABARIT RÉDUIT

Discours à la jeunesse

À votre âge, mon avenir était en forme de flipper,
un ressort me propulsait en montée
dans le couloir de lancement.
Je débouchais sur la piste, les ricochets partaient.
Puis dans la bagarre des premières minutes
l'avenir ne ressemblait plus à rien.

À votre âge, une main de fille
tenue sous la table
me faisait imaginer des enfants.
Les heures d'école étaient un chariot,
moi un cheval de trait,
les rênes dans la main d'un cocher derrière.
Les cheveux blancs des anciens
c'était une neige éternelle,
une époque glaciaire leur était due.

À votre âge, le mot « océan »
me remplissait la bouche de salive.

Le pleur des enfants était différent,
sans caprice, dépit, il servait à réchauffer,
à la douleur aussi il faut une température.
À votre âge, le siècle bloquait
ses battants et les battus,
malgré l'avis de fermeture
je suis resté dedans,
c'est de là que je vous observe.

À votre âge, le nerf de la justice
écorchait la gorge.
Si ça vous arrive, ne faites pas d'autoportrait
avec cet accroc sur la figure,
ainsi plus tard vous ne serez pas effrayés
par celui que vous avez été.

À votre âge, il y avait des bateaux et des voyageurs,
ils allaient loin.
Ceux d'aujourd'hui tournent sur une piste,
vont en croisière, font une ronde.
À votre âge, on partait de dos
sur la route en terre de la fin
des films de Charlot.
Ils envoyaient de l'argent de là-bas, pas de cartes postales.
Bien peu revenaient.
Ne vous froissez pas des différences,

elles servent à mesurer le temps
mieux que les calendriers et les horloges.

À votre âge : formule saugrenue,
on n'est contemporain que de soi-même.
Je n'ai pas eu le vôtre,
il a existé un âge à moi,
une chemise en coton bleu ;
elle se tacha de peinture,
je ne pouvais plus la mettre.
Je ne l'ai pas jetée, elle est dans l'armoire
suspendue avec les autres.
Sur moi, elle serait l'étreinte de mon père.
Elle a été ainsi il y a longtemps,
cette chemise, âge,
où être son fils.

Elle a duré quelques voyages de nuit
dans le compartiment enfumé,
Torino Porta Nuova-Napoli Centrale,
pour un rendez-vous
avec le tremblement de terre de l'automne 80.

Elle a duré une nuit de mai 69,
l'amour eu sans savoir quoi en faire.
Il a été meilleur que tous les savoir quoi en faire.
Je me félicite encore de mon incompétence
d'avoir laissé l'amour où il était.

Je vous salue
d'en bas et non d'en haut,
de la distance qui n'est pas expérience,
de la claque du flipper
pour ne pas aller dans le trou.

Mon pied

Mon pied est un animal préhistorique.
Il est enchaîné à mon talon, sinon il irait léger
sans sa charge de porteur du poids
d'un corps soixante fois supérieur au sien.
Il se nourrirait de poussière, d'algues,
il peut rester des heures sous l'eau
mais dans les chaussettes et les chaussures il
souffre.
La nuit, il rêve d'effleurer un pied de femme,
il rêve même d'écrire.
Dans les plongeons de tête, il sourit d'être
au point le plus haut du corps.
La nuit, il sort des couvertures, même l'hiver.
Puis, je le recouvre glacé.
Quand j'écris longtemps, il s'impatiente,
il tape, il tambourine.
Il attribue au corps sa plus exacte définition :
bipède, la partie qui représente le tout.
Mon pied sauveur vit avant moi

la vipère enroulée toute prête
et il dévia mon pas en un temps record.
Quand il se soulève sur ses pointes en piédestal
il me fait atteindre toutes les hauteurs,
mais quand il s'entête, même la sirène
des bombardements ne le déplace pas.
Tandis que j'écris sur lui bridé dans des sandales,
ironique, il me regarde et remue tarse et métatarse,
s'il était une main, ça voudrait dire : « Que veux-tu ? »

Et maintenant

Elle arrive à l'improviste,
elle dure autant que les cercles dans l'eau après
la pierre,
elle interrompt les pensées, la mélancolie,
elle est sans réservation, sans rendez-vous,
la mystérieuse miette du bonheur.
Celui qui la reconnaît trop tard
lui fait un signe à la mémoire
du temps où elle était là et il ne la connaissait
pas.
Il veut souffler dessus mais inutile,
l'étincelle de la braise ne part pas.
Alors, je l'ai à l'œil,
le nerf prêt à la secousse
électrique, maternelle, pyrotechnique
du bonheur, la voici, c'est maintenant.

LE PLUS ET LE MOINS

GABARIT RÉDUIT

Suite des œuvres d'Erri De Luca

LA PAROLE CONTRAIRE

HISTOIRE D'IRÈNE

LE CAS DU HASARD (avec Paolo Sassone-Corsi). Escarmouches entre un écrivain et un biologiste

LE DERNIER VOYAGE DE SINDBAD

Au Mercure de France

LES SAINTES DU SCANDALE

Aux Éditions Seghers

ŒUVRE SUR L'EAU

Composition : IGS-CP à L'Isle-d'Espagnac (16).
Achevé d'imprimer
sur Roto-Page
par l'Imprimerie Floch
à Mayenne, le 11 avril 2016.
Dépôt légal : avril 2016.
Numéro d'imprimeur : 89617.

ISBN 978-2-07-017928-2 / Imprimé en France.

299339